우주의 고뇌

조철식 첫 번째 서집

우주의

─ 고뇌

시간의 미로
헤매고 있는 나는
우주인가

좋은땅

Ch4. 우리는 하나

Ch5. 우리들의 행복

Ch6. 같은 양을 먹는 사람들

Ch7. 나를 따르라

Ch8. 감정은 사기이다

Ch9. 자연스런 인간의 삶

Ch10. 거래의 본질

Ch1
....

소중한 자유

별빛타기

雲友 조철식

한밭의 하늘을 삼킬 듯

반도체처럼 잘나서 멋진 빌딩들

빈틈없는 성벽으로 솟구치고

기억을 죽이는 아파트에서

반가움의 외면을 훈련하는 도시인들

어둠이 세상을 수거하는 *식장산(食藏山)엔

반짝이는 첨탑이 떠나는 메아리를 아쉬워하고

산 너머 숨은 달은 별빛으로 무참히도 찌른다

철 가면 인공위성이 유성처럼 지나가고

쓰고 버린 하루가 반란의 *샤말(Shamal)처럼

빈 창공(蒼空)을 채워 와도

어머니의 수(繡) 놓인 밤하늘 어느 구석

쏟아져 내려오는 별빛을 탄다

* 식장산(食藏山): 높이 598m로 대전과 충북 옥천에 걸쳐 있는
  산.
* 샤말(Shamal): 티그리스, 유프라테스강 하류지역과 페르시
  아만에서 부는 북서풍. 사막의 모래바람 일으킴.

여자의 변심

云友 조철식

오물로 범벅된 *미진(微塵)을 떨치려
지팡이를 찍으며 오르는 보문산
*바벨(Babel)의 나무 계단 밟으며 산이 된다
분홍 산골의 동백 같은 아가씨
지그재그 꼬리치는 푸들과 내려오며
여인의 향이 생채기 한다
천애(天涯)의 물가에 앉아 할퀸 자국 씻고
좌충우돌 수다스러운 비탈길을 오르니
머리가 핑 혈관이 뚫린 듯 시원하고
눈얼음 박힌 산등성이 개나리는
밥 퍼 주는 애 엄마처럼
내 귓전을 토독 당긴다
떠나는 여자의 변심은 자유인가
머리에 떨어지는 솔잎처럼 따끔거리고
녹슨 봄비같이 삭아지게 하지만
*시루봉 정자 위의 태양이
*고촉사에서 기도하던 둘의 침묵을 비추어 준다

* 미진(微塵): 아주 작은 티끌이나 먼지.
* 바벨(Babel): 고대 바빌로니아의 도시로 구약성경의 지명. '신의 문'이란 뜻을 지님.
* 시루봉 정자: 해발 457.6m의 대전 남쪽에 있는 보문산의 정상에 있는 정자.
* 고촉사: 보문산 시루봉 아래에 있는 사찰.

우주선을 타고 떠난 내 살들

雲友 조철식

아침은 밥 반 공기와 김치
점심은 밥 한 공기와 김치 깍두기
저녁은 밥 한 공기와 김치 깍두기 된장찌개
사순절 같은 밥상으로
부풀었던 육신은 *배가본드(vagabond)가 된다
탈탈 털리는 일상의 노동
향긋한 육포는 고양이의 화단에 던지고
자본의 사체로 배부른 미디어의 벽에서
비디오 정치가를 보면서
까딱까딱 리모컨을 두드린다
두터운 살을 비움의 우주선에 태워 보내고
홀가분한 바지를 힘껏 당길 때
홈쇼핑 파티장에는 불고기가 구워지며
날아오는 초대의 카드
아! 타오르는 군침이여
휘청이는 *에고(Ego)의 자유여!

* 배가본드(vagabond): 방랑자.

* 에고(Ego): 자아(自我), 본능적 충돌들을 규제하는 행위력. 존재의 내부세계와 외부현실을 현실감각, 현실검증, 현실적 응이라는 측면에서 중재하고 연결해 주는 의식 덩어리.

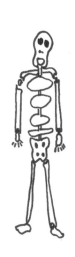

반대로 가는 사람들

雲友 조철식

전화기를 눌러 가며 오늘을 사는 여성 A

곡소리 요양원에 계신 어머니
혼자된 여고 동창 상담원
졸업 후 도서관에 가는 아들
매일 먹고 노는 남편
고객 연락처 남성 B

밥 한술 뜨는 마음으로 B를 먼저 찍고
자유의 돛을 높이 펼쳐
감정을 헤치며
연인 같은 촉촉함을 가득 안긴다

사냥의 *스토리보드는 즉시 끊는 B
가슴을 타고 오는 A의 목소리에
숨은 곳을 들킨 쥐처럼 움츠린다
책상 위 충전기를 툭 던지고
빈 액자를 바라본다

A는 B에게 전화를 한다
B는 통화를 하며 반대편으로 걷는다

A는 B에게 전화를 한다
B는 통화를 하며 반대편으로 걷는다

A는 전화기를 들고 동창에게 가고
B는 전화기를 놓고 반대편으로 간다

* 스토리보드: 영화나 광고에서 각본을 바탕으로 필요한 것들을
  기록한 문서.

자유는 사랑의 자양분

雲友 조철식

중부고속도로가 연쇄 추돌로 난리입니다
금남로의 외침 *사피엔스의 마지막 자유도
망월동에 묻힌 건가요
밀려오는 전파에 *짬통이 되어 간다

사람이 장식용 나무 같은 대도시에는
재개발계획서만 들락거리고
유모차에 탄 강아지는 외계인처럼 바라본다
탄광 같은 기나긴 외출을 마치고
우주로 가는 버스를 탄다

마당의 선인장은 머리부터 검어진다
화분의 흙은 정(情)이 마른 듯 모래처럼 구르고
반쯤 남은 줄기에 가시들이 매달려 있다
그러나, 포기하지 않는 뿌리에 물을 준다
자연을 거부하지 않는 집의 생명에게

안락사가 아름다운 저승사자가 되고
가난의 죄인들은 고려장(高麗葬)이 구세주다

[*]'신체발부수지부모 불감훼상효지시야(身體髮膚受之父
母 不敢毁傷孝之施也)'
의미를 모르는 자유로움에 사람들은 홀로되고
우상을 숭배하며 이념의 환각에 빠진
[*]군상(群像)의 난도질에 노인들은 피난을 간다
병상의 어머니 누워만 계시며 "빨리 죽어야지"
자식들의 눈물 망울에 다시 앉으신다
떠나셨어도 사랑은 늘 함께 계시는 어머니
불로장생의 자양분은
자유인의 일어나는 의지인가 보다

* 사피엔스: 화석인(化石人)과 구별되는 현 인류.
* 짬통: 음식물 쓰레기를 버리는 통의 속된 말.
* '신체발부수지부모 불감훼상효지시야(身體髮膚受之父母 不敢
  毁傷孝之施也)': 사람의 신체와 터럭과 살갗은 부모에게서 받
  은 것이니, 이것을 감히 훼손하지 않는 것이 효의 시작이요.
* 군상(群像): 모여 있는 사람들.

너에게로 간다

雲友 조철식

뼈를 먹어가는 위염의 식성이
팔방에서 머리를 오물거린다
정육면체에 갇혀 그림자마저 잃어버려도
마음의 새벽은
언제나 너의 창문을 연다

어항 속 팔딱이는 하루를 보내고
담배 한 모금과 술 한 잔
사지가 마비되며 잡것도 죽고
혼자인 도시의 하늘
가르며 너에게로 간다

*엘도라도행 열차가 별 사이로 지나며
처연하게 울부짖는다
어둠 사이 떠다니는 금가루가
레일 위에 떨어지고
나는 죽어 잠든 것을 깨운다

지갑의 자유

雲友 조철식

지하도 출구에서 나온
공원 길 포차에는
지갑마저 **빼앗긴** 개미들이
헐렁한 주머니로 달콤한 가난을 즐긴다
입안 가득 떡볶이는 해방의 만삭
오랜만에 하루를 먹어도
또다시 짓누르는 배고픔
침묵하는 소나무가 살랑인다

매장의 유리 너머
자동차 휴대전화 메뉴판 로또…
부담 없는 곁눈질도 이젠 나비처럼 날아가고
정보의 도시는 감시자만 늘어난다
교활한 정치인의 황명(皇命) 같은 만능 법칙에
응급실에 갇힌 자유의 싹
틔워질 날 멀기만 해도
먼 곳을 향해 가슴을 두드린다

영원한 사랑

雲友 조철식

사랑하는 너는 한 글자로 나이고
나의 사랑은 우리
우린 세 글자로 천지연(天之緣)이야
며칠 밤 위태로운 철학자가 되어
잉태한 사랑을 빨간 우체통에 보낸다

오! 사랑은 안개를 헤쳐 가는 행복의 에너지
잔잔한 믿음의 바다
어떠한 파괴에도 우리를 지켜 주는 불변의 전사
가족의 수호자 사랑이여!
자애(慈愛)의 은하수에서 자유로우니
별을 세어 가며 사랑의 노래 부르리!

질투의 여신 *헤라처럼
*붉은 튤립을 뭉개 버리는 톱니바퀴 세상
그래도 길모퉁이 빨간 우체통
도시의 사랑을 수호하는 빛바랜 부적처럼
순수한 마음을 지키고 있다

* 헤라: 고대 그리스 신화에 나오는 여신으로 제우스의 아내로
  서 제우스의 연인이나 그 자식들을 질투하고 박해함.
* 붉은 튤립; 붉은 튤립의 꽃말은 불멸의 사랑이다.

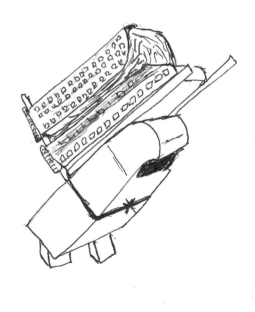

냉동 상자

雲友 조철식

그대에게 냉동 상자 숨어 있어요
패거리에 꾀인 것처럼
제멋대로 떠난 당신은 모르지만요
10월의 단풍 날리는 붉은 광장에서 행복한가요
사랑이 단두대처럼 다가와도
얼어버린 내 마음 어쩌죠

나의 시간 지워져도 상관없어요
혹시 계급의 *코뮌(commune)에 빠져
달의 북극처럼 되었나요
그래도 어둡지 않아요
춥지도 않아요
내 사랑 변치 않으니까요

아무 말 없어도 괜찮아요
우리는 해와 달처럼
떨어져 있지 않으니까요
이별이란 말은 배신자의 언어일 뿐
사랑한단 말도 필요 없어요

사랑이 꿈틀하잖아요

혁명의 뒷길이 추악한가요
너무 슬퍼 말아요
괴로워도 마세요
내 마음의 별들이 반짝이고 있잖아요
광장을 벗어나면 들릴 거예요
숨어서 속삭이는 내 사랑의 고백을

* 코뮌(commune): 함께 살면서 책무, 재산 등을 공유하는 공
  동체 집단.

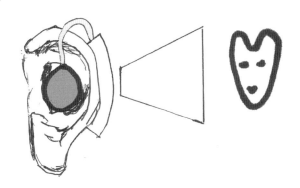

자유의 여정

雲友 조철식

배낭에 식량을 가득 넣고
더부살이 같은 *삼라만상(森羅萬象)을 오른다
오락실에 매달린 인형처럼
흔들리는 무지개다리를 건널 때
째깍째깍 꿈동산의 시간이 반겨 온다

채찍이 맥박을 휘갈기고
산 너머 자유인은 *로렐라이처럼 노래를 부른다
멈추어 가는 심장을 잡으며
오로라를 타고 달에 올라
토끼에게 건초를 주고
돗자리에 누워 지구를 안는다

떠다니는 구름아!
그리도 쏘아대는 별똥별아!
은하수에 가는 황금배에 올라
북 치고 장구 치며
해방의 자유가(自由歌)나 부르자꾸나!

* 삼라만상(森羅萬象): 넓게 퍼져 있는 숲처럼 늘어선 모양. 우주 속에 존재하는 온갖 사물과 현상.
* 로렐라이: 독일 라인강 기슭에 높이 솟은 절벽 바위로 저녁노을 비출 무렵 이곳에 올라와 노래를 부르며 유혹하는 인어에 의해 수많은 배들이 절벽에 부딪혔다는 전설을 지님.

Ch2

차별의 속마음

아버지의 자전거

雲友 조철식

오래 묵은 도로의 멍 자국
구슬치기 골목의 양옥가(洋屋家)
대한민국의 중심 대전이
잊혀진 기억들과 철거되고
빌딩을 헤매이던 발걸음은
아버지의 자전거 거리를 지난다

민족의 순백한 표상 같은
완만한 각의 하얀 모자를 쓰고
삐걱이는 자전거로 출근하는 아버지
분주한 아침이어도
'다녀오세요' 인사를 한다

마냥 즐거운 초등학교 친구들
오후의 거리를 흔들어 대고
반대편 도로가에 지나가는
아버지의 자전거
아버지!
자동차의 경적은 장벽이 된다

외계인과 거리의 침묵

雲友 조철식

최면의 추가 돈다발 위에서 어슬렁거린다
버리고 태우고 다시 태어나라
24시간 자본제국의 소각 방송에
살아온 기억부터 흐릿해진다
금테 영정의 틀에 갇혀
소환될 순서를 기다리며
달콤한 냄새와 축축한 연기에 둘러싸인다
숨소리가 새어 나오는 손때 묻은 일기장
바른 행실에 초점이 맞추어진 안경
선생님의 연필과 지우개
먼지 쌓인 앨범
하늘로 보낼 요람에 올려놓고
수면 주사를 맞는다
제국의 씨앗을 잉태할 수밖에 없는 것인가?
불구덩이로 미는 제국의 초침에 맞추어
휴식 같은 어버이의 웃음 사라지는
인간의 사형은 계속되고
외계인이 된 나에게 거리의 침묵이 으르렁거린다

붉은 시소

雲友 조철식

개구쟁이 초등학생
산수 계산에 심각해지고
글자를 그리며 인상을 쓴다
학교는 골치 아픈 친구이다

빨간 색연필의 동그라미
참 잘했어요
상장을 예고하는 박수 소리에
아이는 즐거워 교실을 떠다닌다

회초리 같은 붉은 사선의 시험지
짝꿍은 엄마가 생각난 듯 훌쩍거린다
아이는 헤픈 웃음으로 달래며
사소한 장난을 건다

붉은 시소를 타고 노는 두 아이
교대로 땅을 박차며
지구를 나는 노란 새 되어
상하의 사이를 저 멀리 떠나간다

반란의 자화상

雲友 조철식

도로에는 열사들의 깃발이 휘날리고
꽹과리 장단에 초승달이 떠오른다
북청 사자가 입을 크게 벌리자
*꺾쇠는 콜라병을 넣고 외친다
착취 없는 세상을 향하여!
차별 없는 세상을 향하여!
"차별은 이놈아, 너 같은 놈이 양반 하면 되겠냐?"
자유롭게 참견하는 *양반을 발길질로 쫓아낸다
*꼽새는 양반의 뒷모습에 손가락질하며
외길의 행진을 외친다
똑같은 옷을 입고 똑같은 탈을 쓰고 똑같은 팻말을 든
무리
서양 귀신에 홀린 듯 사물놀이에 신명이 난다
누군가 미리 정해 놓은 노선
좌측으로 가는 도로에는 택배 차가 지나가고
우측의 공터에는 가족들이 앉아 있다
주변과 단절하며 점령한 도로의 낯선 동지와
새로운 종족의 불 밝히며
반란의 자화상을 만드는 사람들

* 꺽쇠.

* 양반.

* 꼽새: 탈춤 북청사자놀이에 등장하는 인물들.

떠다니는 방주

雲友 조철식

달 너머에는 태어날 때처럼

몸뚱이 하나면 돼

코인에 새로워진 낫과 망치의 도살이 시작이야

집단의 *연옥(煉獄)을 피해 방주(方舟)를 타고

달님의 미소를 따라가자

평수 넓은 신혼집 달 너머에는 필요 없고

노숙자의 종이 박스 달 너머에는 필요 없고

왼손잡이 전용 책상 달 너머에는 필요 없고

대문 오른쪽에 달 문패 달 너머에는 필요 없어

달 너머에는 아무것도 없으니까

배부른 돼지가 없어 사상가의 주검도 없으니까

태양의 시계 속에서

너와 나 유영(遊泳)하듯 사람의 손만 내밀면 돼

달은 지금도 우리를 비추고 있어

계단을 오르며 잠깐

하늘에 떠다니는 방주를 보자

내삼문(內三門) 안에서

雲友 조철식

사또가 강나루 고을의 우상인
관아의 창고는 흉년 없는 곡창지대
죄수에게 장을 치는 앞마당에는
땅속의 곡소리가 매화나무에 피어오른다

말순이를 만나며 잃어버린 *머릿수건에
방화의 누명을 쓴 삼식이
밤새 관(棺) 같은 감옥에서 피를 토하고
엽전이 없어 십자의 곤장대에 엎어진다

*두건을 두른 복덩이 아버지
고리채 연줄을 찾느라 동분서주하고
*옥졸(獄卒)에게 상납하며 *착칼(着칼)도 면하고
타박 자국 문지르며 *내삼문(內三門)을 나온다

*깃이 달린 검은색 두건의 죄인
비단과 포목을 세는 호방을 뒤로하고
사또와 술상에 앉은 것처럼
지난 사냥 이야기로 즐겁다

* 머릿수건: 노비들이 머리에 두를 때 쓰는 수건.

* 두건: 평민이 머리에 쓰는 모자 같은 것.

* 옥졸(獄卒): 감옥에 갇힌 죄수를 지키는 병사.

* 착칼(着칼): 죄인의 목에 칼을 씌우는 것.

* 깃이 달린 검은색 두건: 벼슬에 오를 수 있는 양반.

* 내삼문(內三門): 동헌의 정문.

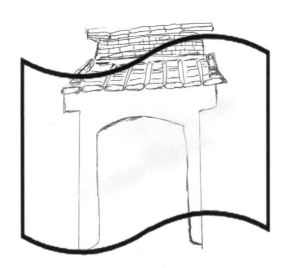

애초의 사랑

雲友 조철식

달러(Dollar)와 유로(Euro)가 거느린 상품과학
비싼 생필품에 보릿고개가 그립다
가난이 섣달그믐 *광막풍(廣漠風)처럼 몰아쳐도
우리는 아기 유모차를 함께 잡는다

날씨의 폭력에 방황하는 수은주처럼
빈정대는 임금(賃金)이 바닥을 오르내린다
그래도 사랑의 눈금은 변함이 없다
고난에 뭉쳐온 조상님들처럼

돈덩이는 반짝이며 눈멀게 할 뿐
*돌무지 탑돌이가 하늘에 닿는 것처럼
사랑의 마음 쌓으며
가고 또 가고 그렇게 산다

너보다 나은 네가 없는
너는 지금도 처음 그 순간
가난의 이간질에도
애초의 사랑은 떠나지 않는다.

* 광막풍(廣漠風): 북쪽에서 부는 바람.
* 돌무지: 돌무더기의 방언.

차이와 차별

雲友 조철식

우리에겐 천성(天性)의 차이가 있어
태양처럼 하늘에 묶여 살지 않으니까
식욕은 비슷할 수 있어
맛있다는 표정은 단순하잖아
누구나 최고의 *에베레스트를 오르고 싶어 하지
제왕의 *천부인권(天賦人權)을 주는 것도 아니고
우성(優性)의 염색체로 변하지도 않는데

누구나 다리 밑 태생 머리는 똑같잖아
환경의 차이는 변화의 동력이지
차별의 근거나 이유가 될 수 없어
황제도 무능하면 천치로 여겨질 수 있거든
부자는 많이 가진 순간을 인정받을 뿐이야
많이 먹는 자격증은 없잖아?
사람이 땅은 아니기에 주인이 귀족은 아니야
인간의 본체(本體)는 존중할 수 있어도
소유권자라고 숭배하지 않는 것처럼

높은 곳에 없다고 천민의 근거가 될 수 없어

41

땅 아지랑이 벗 삼으며

자식 같은 알갱이를 키울 수도 있으니까

차별하는 놈이 오히려 차별의 대상이지

사랑의 보물섬에 소유권이 없는 것처럼

인생은 성심(誠心)의 행로

차별의 기회는 재물을 강탈할 뿐이니까

천성에 순응하는 부부의 이혼이 없는 것처럼

차이는 사랑의 피날레를 향한 전주곡

* 에베레스트: 해발 8,848.68m로 세계 최고봉인 히말라야 산
  맥의 산. 네팔과 중국의 티벳 자치구 국경선 사이에 있다.
* 천부인권(天賦人權): 인간이 태어날 때부터 하늘에서 부여받
  은 권리로 자연권이라고도 함.

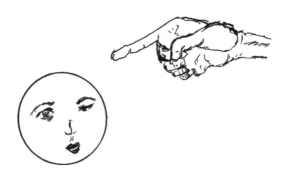

요사한 언술

雲友 조철식

한양의 조정(朝庭) 좌우편에는
구관조 동(東) 우리와 앵무새 서(西) 우리가 있다
*회랑의 양쪽에 선 대신(大臣)들
칼바람처럼 고집의 살기가 부딪히며
풍전등화(風前燈火)같은 회오리를 일으킨다

백성의 원성을 물고
궁성 위를 날아다니는 큰부리까마귀들
*근정전(勤政殿) 위를 영전(榮典)하듯 비행할 때
*망국신(亡國臣)이 밟은 대리석이 꿈틀거리고
앵무새는 근거 없는 고자질을 한다

왕도(王道)를 압도하는 요사한 언술에
황제는 허깨비가 되고
*편린(片鱗)이 되는 백성의 하늘
*참신(讒臣)의 눈발은 더욱 찢어지며
충신(忠臣)을 야산으로 쫓아 버린다

장마당에 들어선 간신(奸臣)의 행차에는

43

꼬리를 흔드는 승냥이들이 따라다니고
백성의 신망에 형틀을 씌운 *함거에는
붉은 비가 내리며 곡소리 가득하고
과객(過客)의 넋두리가 거리에서 흐느적거린다

* 회랑: 폭이 좁고 길이가 긴 통로.
* 근정전(勤政殿): 조선시대 경복궁 내에서 국왕의 정무나 나라
　의 큰 행사 등을 치렀던 곳.
* 망국신(亡國臣): 나라를 망하게 하는 신하.
* 참신(讒臣): 온갖 악한 술수를 능란하게 펼치는 신하.
* 편린(片鱗): 한 조각의 비늘이라는 뜻으로, 사물의 극히 작은
　한 부분을 이르는 말.
* 함거: 예전에 죄수를 실어 나르는 마차.

황제의 복종

雲友 조철식

신을 부르며 백성처럼 눈물 흘려도
*종묘(宗廟)는 여전히 땡볕이다
그래도 황제의 결기는 마르지 않는다
매일매일 *황지기(皇地祇)의 위패에 조아리며
충심의 허리를 굽힌다

하늘에서 비를 내리며
대지가 숨을 쉬고 온갖 곡물이 살찌운다
마을마다 파도치는 만세 소리에
길가의 잡풀마저 살아나고
삽살개의 어깨도 들썩거린다

황제의 복종은 어버이 사랑
그 누가 왕후장상(王侯將相)의 씨를 탓하였는가!
다양한 옷에 신분이 나뉘어도
하얀 실처럼 이어지는 민족혼
팔도에 웃음꽃이 만발한다

* 종묘(宗廟) : 조선 왕조의 국왕과 왕후들의 신주를 모시고 제례
  를 봉행하던 유교의 사당으로 기우제도 지냈다.
* 황지기 : 땅의 신. 옥황상제와 함께 비를 내리는 신.

Ch3
....

분열의 빙하

파시스트

雲友 조철식

창당의 자유를 금지하라!
*검은 셔츠 부대 방방곡곡(坊坊曲曲) 진격!
신문사는 침범하는 야만족의 계략을 파헤쳐라!
청년이여. 거리로 나와 순혈(純血) 세상 만들자!
나약한 생각은 서랍 속에 접어 두고
오직 국가 하나로 부국강병(富國强兵) 이룩하자!

호혜와 평등의 외교문서는 강탈합의서로 여기고
평화 공생 인권 화해 협력
책장의 고상한 흉물처럼 혐오하며
벽난로 연료로 태워 버리며
국경 넘어 기름진 벌판을 향해
민족 번영의 창을 높이 드는 파시스트

죽음이 하늘을 덮어도
까마귀를 반기며 파쇼를 막는 주검들
순해도 조상이 다른 야만족은
숙명적 침략의 미래로 조작되며
마을은 불태워지고

역사의 흔적은 기억 너머로 사라진다

* 검은 셔츠 부대: 이탈리아 파시스트 당의 정부 승인 부대.

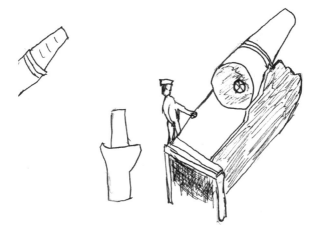

조용한 파쇼

雲友 조철식

공자와 맹자를 품은 인(仁)의 사회에
사랑을 과학으로 해부하며
성적 충동의 면죄부로 접근하는 조용한 파쇼
독재화된 자유의 감정은 쾌감의 무죄를 주장하며
새로운 질서의 가정을 창조하는
파렴치한 인연의 선구자가 된다

대화는 지나가는 개가 물어간 듯
제국의 지침은 천명(天命) 같은 교리가 되고
국가에만 맹목적인 조용한 파쇼는
독재자의 명령이 법전이다
아무리 따스한 인심이라도
자유로운 바람은 역적모의가 된다

높은 신단(神壇)에서 내려보는
파시스트 헌법 1조
'국민은 무지이고 정치는 엘리트가 한다'
국민은 나락에 떨어져도 이용해 먹는 편집광들
네안데르탈의 제국이 생산한

가짜 사피엔스에 취해 있다

골목마다 지키는 파쇼 검문소
자유의 뿌리인 사랑에 금지령을 집행하며
적발한 연인에게 이별의 서약서를 받는다
조용한 파쇼는 뚜쟁이가 되어
인종과 제국의 저울로 조각난 사랑을 중매하고
같은 풀빵 같은 신생아 정신이 전체를 부풀린다

재개발 법칙

雲友 조철식

화단에 물 주시는 어머니
페인트 부스러기는 잎새처럼 덜렁거리고
녹이 슨 대문을 여니 새 소리를 내며
60대 청춘 같은 기와집에 아침을 알린다

도시는 *황량지몽(黃粱之夢)
논밭을 등지며 태어난 가공의 샘터에는
신식 쓰레기가 넘쳐나고
재개발 플레카드 나부끼며 아이들이 사라진다

모자가 필수인 도시의 황무지
한 바퀴 돌며 동네 담벼락과 인사하고
묵은내의 방 안에 누워
집수리에 찡그리는 가족을 떠올린다

동의서는 함께!
빗금 친 지역은 동시 개발!
철거는 법대로!
집수리는 NO?

재개발 법칙은

구멍 난 지붕의 즉석 수리란

자연의 법칙을 억누르며

도시인의 순발력을 무디게 한다

* 황량지몽(黃粱之夢) : 덧없는 꿈이나 한때의 부귀영화를 일컫
  는 말.

지구의 부침개

雲友 조철식

중력을 잃어버린 행성의 폭발처럼
침략 세력은 기획의 전위부대를 앞세우고
개발의 축포를 이끼의 습지에 갈긴다
아침잠이 망가진 아기 새는
깜짝 파란 눈물을 흘린다

대한민국: 파쇼의 약탈에도 전쟁 없는 한반도
미국: 핵전쟁 없는 지구
일본: 천민(賤民) 근성의 군부독재를 배척
북한; 천하독존(天下獨存) 핵미사일로 먹고살기
중국: 왕서방의 상술 *일대일로에 심줄 당김
러시아: 스탈린도 놀랄 파쇼 제국의 군사기지화

달님마저 인상 쓰는
독트린의 귀여운 역겨움
*두리함지박에 담겨
적막한 산하 같은 고명이 된다

지구는 어머니다

업보를 한데 모은 *두리함지박에
은하수표 밀가루와 생명의 강물 넣고
태양으로 부침개를 구워
만국의 식탁 위에 올려놓는다

* 일대일로: 중국의 신 실크로드 전략 구상으로 중국 중심의 내
  륙과 해상의 시르로드 경제벨트를 지칭함.
* 두리함지박: 둥근 함지박.

55

나라가 망하는 이유

雲友 조철식

잘난 놈을 위한 조직의 세상
신의 섬 여의도를 향한 출정식에서
살기의 환호 속에 연단에 오르니
군중에는 기름진 봄이 가득하다
사진을 향해 경배하고 국민 세상을 외친다

온갖 거짓을 퍼트리며
조작된 현장에서 해결사로 등장하고
흑색선전으로 성실의 덕을 제거한다
선거 벽보를 둘러싼 온갖 흠집들
나의 비리는 새 발의 피다

당선에 빗같이 쏟아지는 빛의 갈채
방송사 마이크를 잡고 포효를 한다
광장에 채울 모략을 궁리하며
더 크게 통일을 천명한다
어두운 세상 희망의 촛불처럼

찌라시 사이로 들러리 사라지고

꺼지지 않은 캠프에서
회계장부를 바라본다
몰려들 축복의 은전에 콩닥거리는 가슴
정의와 진실을 버린 손으로 쓸어내린다

외로운 춤

雲友 조철식

이별은 자유의 입맛
갑자기 답답해 길 떠나는 친구
뒷산의 배추밭 대신 공단을 방황하는 아저씨
배고픔을 알고 싶어 배회하는 나는
정체 모를 식욕처럼 갈 곳이 없다

자유로운 평등의 세상이라며
신분의 자유를 외치는 사람들
하나의 민족이라며
대동 세상 이루자는 사람들
고급 의자의 차지
모두가 되지 못하는 뻔한 세상에서
같은 높이인 척 노린내를 피우고
별장 같은 망루에서 감시를 한다

사라지는 도회지의 모퉁이를 나와
정착할 수 없는 낯선 *소도(蘇塗)가 반가워
큰 나무의 북을 치며 외로이 춤을 춘다

* 소도(蘇塗): 삼한시대 천신에게 제사를 지낸 성지로 큰 나무에 방울과 북을 걸어 놓았다. 국가권력이 미치지 못해 도둑이 성했다고 전해짐.

사이비

雲友 조철식

가족의 관심은 폭력 같은 사슬
선생의 말은 배고픈 낭만
일터는 고열이 연속된 후유증이다
종말의 요단강을 헤치고 나와
나에게 오라

소유는 잡념의 불쏘시개
사랑스러운 마귀들 몰려와
불구덩이로 끌고 갈 뿐이니
없는 것조차 신께 바치고
나에게 오라

숨 쉬었던 기억조차 잊어버리고
한 걸음씩 부활로 다가와
십자가를 걸고
사랑의 천국에서 살 수 있게
나에게 오라

쫓기는 청년들

雲友 조철식

홍건적 같은 *디지털 혁명의 선봉처럼
벽걸이 달력의 *LED 나날들
애송이 벤처의 신상품으로
연말의 거리를 밝혀 가고
라디오 팝송 같은 손수레 종이 달력
얼마 전 떠난 내 직장처럼 보이지 않는다

종잇값 안 들어서 공짜일 줄 알았다
추억의 뻥튀기도 아닌데
전기 먹는 달력 값이 몇 배나 튀겨지고
나보다 큰 강아지가 독차지한
진열장의 3D 화면에서
함께 사는 *ESG 경영을 자랑한다

디지털 광고는 풍요로 가득 차고
거리에는 사기가 넘쳐난다
아날로그를 쫓아낸 물건에는
만지기 힘든 가격표가 붙어 있고
지나가는 청년들

떠들고 웃으며 기죽은 눈의 깃을 튼다

* 디지털 혁명: 20세기 후반 3차 산업혁명을 일컫는 말로서 기
  계와 아날로그(파형) 회로에서 디지털(숫자) 회로로의 변화를
  의미하며, 디지털 컴퓨팅과 통신 테크놀로지에 도입된 광범위
  한 변화이다. 마이크로프로세서, 휴대폰, 인터넷, 집적회로
  칩 등을 일컫는다.
* LED(Light Emitting Diode): 발광 다이오드로 전류를 통
  하면 강한 빛을 발산하여 상업용 광고나 전등에 이용된다.
* ESG 경영: 환경(Environmental), 사회(Social), 지배
  (Governance)의 첫 글자로 이루어진 경영의 핵심 요소. 기
  후 위기에 대비하며 친인간적(공생적)이고 신뢰할 수 있는 공
  기관처럼 경영한다는 경영의 의지.

나침반의 계시

雲友 조철식

돈 없는 서러움이 죄어 올 때
나침반은 지혜를 가리킨다
통금 시간 같은 새벽 장터를 걸으며
백야(白夜)의 천공(天空)으로 들어간다
'훔치지 마! 슬기로운 네가 나타날 거야'
부은 발바닥과 때가 낀 손톱 끝에서
태초부터 중독된 말초신경이 죽어 간다

'강요하지 마! 네가 미워져
만남에 사랑을 기대해 봐'
나침반이 사랑 앞에 멈출 때
그녀는 무감도(無感島)로 떠난다
바다의 여신 *살라키아에게 청혼하는 것처럼
방파제 등대에게 마음 전하며
등댓불이 닿기만을 기다린다

자유 평등 정의 공정
사이에서 나침반이 방황할 때
흐릿해진 밀림의 지도가 사방으로 찢어진다

'행운을 포기하지 말고
무리의 길을 찾아봐!'
수풀 사이 어슬렁거리는 맹수들의 살기
사람의 흔적을 따라가며 울타리로 들어간다

* 살라키아: 그리스로마 신화에 나오는 잔잔하고 온화한 바다의
  여신으로 해신 넵투누스의 청혼을 거절하고 아틀라스로 도망
  갔으나 넵투누스가 바다의 동물을 동원하여 그녀를 찾게 하고
  돌고래는 설득까지 하여 살라키아가 청혼을 받아들이게 한다.

공덕과 업보

雲友 조철식

널브러진 *업(業)의 잔상을 밟듯
천상의 탑을 돈다
죄를 털어놓으며 깨달음을 얻고
눈물을 흘리며 용서를 빌고
고시의 합격에 감사하며
*공덕(功德)의 돌을 쌓는다

신단(神壇)에는 회귀의 재물이 가득하고
신령의 춤판이 한나절을 채운다
사별의 죗값도 놓고
*중천(重泉)에 버린 마음도 놓으며
춤의 장(場)에서 참회하는 사람들
지워졌던 정(情)이 되살아난다

평원(平原)의 땅 싸움은 여전하다
가축들도 강탈에 도망 다니며
아비규환처럼 되는 마을
탑돌이 마음 사라지고
타고난 욕심에 재미를 더해 가며

65

천상의 회귀를 예고하는 반목의 업을 쌓아 간다

* 업(業): 불교의 인과(因果)율의 개념으로써 모든 행위에는 원인에서 시작되어 결과로 이어진다는 것으로, 인생은 과거 현재 미래가 연결되어 있다는 사상의 기초적 개념.
* 공덕(功德): 착한 일을 하여 쌓은 업적과 어진 덕. 불교에서 장차 좋은 과보를 얻기 위해 쌓는 선행으로 불교에 귀의하여 깨달음을 얻는 것도 큰 공덕이다.
* 중천(重泉): 땅속 깊은 곳에서 솟는 샘, 아주 먼 곳, 저승.

우리는 하나

줄다리기

雲友 조철식

살아온 명함 서로 몰라도
노 저어 가듯 함께 당겨야 한다
비어 가는 쌀독에 흥부처럼 제비 찾는 아저씨
항상 배고픈 방구석 청년
헤어진 속옷에 밤잠 설치는 여인
해일을 뚫고서라도 생존의 줄에 모인다

시작을 알리는 격발의 순간
회사의 회전문이 돌아가고
부장의 구호에 줄을 잡는다
매출 트로피와 영업의 골든벨을 향해
합창단의 다 함께 타이밍처럼
힘차게 '영차'

당기면 화려한 술판에 돈 가루가 날리며
세상에 최고인 듯 활보를 하고
당겨지면 홀로 비 먹은 꽃가루를 맞으며
어두운 퇴근길에서 비틀거리지만
가족 같은 겨레의 거리인 듯

누군가 소외된 어깨를 부축해 준다

태극의 민족

雲友 조철식

대륙이 불을 뿜는 화산 아래
사랑의 천지(天地) 태어나고
물과 불이 기둥이 되어
태극의 지붕 만들어진다

수만 년 하늘을 펼쳐 보고
바다 같은 저 땅심을 품어 보라
백의(白衣)의 혼을 우렁차게 펄럭이는
태극기가 우리를 부르고 있다

우주의 중심에서 태극기를 만들어
눈부신 태양풍에 띄워 보자
지붕 떠난 외로운 별들이
멀리서도 찾아올 수 있게

외로워진 백두산을 태극기로 안아 보자
대동의 민족이여!
태극기를 타고
하늘이 부르는 저 대륙으로 날아가 보자

함께 구름을 타자

雲友 조철식

조각구름 모여지는 들판
양 떼 같은 사람들 비를 따라
구름 양탄자에 오르고
급진적 *바야모(Bayamo)를 탄 꽃씨들은
사방으로 흩어진다

친구야 혼자 가면 손잡을 수 없잖니
함께 구름을 타자
구름으로 마음을 벗고
어여 덩실 더덩실
맛있는 흥에 겨워 가자구나

강가에서 물 튀기는 아이들
고기 굽는 화로는
장작의 장단에 뜨거워지고
벼랑의 날 수 없는 수국은
조용한 곁눈질을 한다

* 바야모(Bayamo): 쿠바의 남부 해안에서 부는 격렬한 바람.

어촌의 장바구니

雲友 조철식

갯벌 위를 덮쳐오는 *오방색(五方色) 새 떼
낙서하듯 텃새의 경계를 그린다
벼슬의 섬과 금괴의 섬에는
해적 같은 창검의 깃발이 펄럭이며
밀물과 썰물에 길이 열리고
*해루질 하는 사람들 몰래
세상을 구경나온 가리맛조개가
이따금 머리를 삐죽인다

일자 눈썹 같은 방파제 사이로
봉선화 물들인 나룻배가 들어온다
만선의 통통배는
섬에서 세전(稅錢)을 내리고
어촌의 장바구니가 함박 웃는 부두에
바다의 생물을 내보낸다
태양이 바다에 빠지고
바닷가의 짠 내음이 마을의 등불을 절인다

* 오방색(五方色): 한국의 전통 색상으로 황, 청, 백, 적, 흑의 다섯 가지 색으로 음양오행 사상을 기초로 한다.
* 해루질: 밤에 얕은 바다에서 맨손으로 어패류를 잡는 일의 충남과 전라도의 방언.

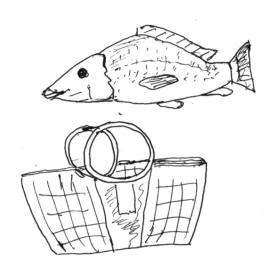

민족은 소통의 언어

雲友 조철식

호랑이 발톱 같은 함경북도 북애(北涯)에서
*할망신이 수호하는 마라도 남애(南涯)까지
수천 년 아버지의 얼이
손자 보는 할머니 웃음처럼 펼쳐 있다

심원한 천지(天池)를 뚫는
우주도 좁다란 한민족의 기상
*병사봉(兵使峰)을 깨워
호국의 빗장을 부수는 살기(殺氣)를 몰아낸다

죽음 앞에서도 단군을 외치며
필사즉생(必死卽生)으로 이어온
피 어린 대륙의 앞마당에는
흥이 나는 농부가도 메아리로 스며 있다

조상이 닦아 놓은 시간의 길에는
힘을 모아 야수를 물리치는
소통의 언어가 있고
동화(同化)의 민심에 민족의 얼은 높아만 간다

* 할망신: 마라도를 수호하는 토속 신.
* 병사봉(兵使峰): 백두산에서 최고 높은 봉우리(2,744m)로
  북한에서는 장군봉이라고 한다.

부락의 고요

대초원의 관목 지대
원주민의 겨울 식량
*매머드가 어슬어슬 지나간다
돌창이 날아가고
놀란 듯한 괴성이 들판을 깨운다

쿠릴 열도 까마귀가 전한 듯
사냥의 무리가 사방에서 몰려오고
무참히도 숨통을 찔러댄다
기어이 쓰러지는 매머드

불 위에 걸려진 고깃덩이에
기름 향이 가득한 저녁이 되고
하얀 뼈다귀는 지붕의 기둥이 되어
아기들의 잠을 지켜 준다
별의 밭 같은 모닥불 하나둘 꺼지며
내일을 맞이하듯 부락은 고요해진다

* 매머드: 선사시대에서 역사시대 초기까지 살았던 코끼리의 일
   종으로 흔히 맘모스라고 부른다.

마을의 방어선

雲友 조철식

투우장도 아닌데 신들린 소처럼
닭장에 달려드는 멧돼지
붉은 천과 작살이 없어
갈지자로 줄행랑이다
늑대의 후예가 출몰하는
병아리 농가는 여전히 위태롭다

마을에는 엽총의 방어선이 쳐지고
아주머니 손짓하며 장터에 간다
과일 실은 경운기가 털털거리고
민들레 늘어선 마을의 길 꿈틀댈 때
산등성이 둥근 해가 인사를 한다
교대하러 나온 이장님처럼

망나니 원숭이

雲友 조철식

자유를 빼앗아 왕관을 쓰고픈 사람들
학교의 회초리를 폭력이라 부르고
관청의 계몽을 전체주의라 부르고
기업의 민족애를 국수주의라 부르고
공장의 생존경쟁을 노동착취라 부르고
가부장적 생활을 계급사회라 부른다
자유의 마을마저 짓밟으며
독재의 제국을 만들고픈 원숭이들
오늘도 반듯한 얼굴로 거짓말을 하며
감정을 도려낸 *진지전을 펼친다

나눠 온 정은 가짜라고
색깔을 자랑하는 역겨운 점조직
교도소 동기처럼 낯선 원숭이로 만나
사(死)의 철선을 만들어
망나니처럼 인간 제물의 교지를 수행한다
신호등이 꺼져버린 교차로는 뒤죽박죽되고
자정이 지난 내일
원숭이가 빌딩 위를 날 듯

파쇼의 교수대에는

자유의 이슬이 모이고 있다

* 진지전: 이탈리아 공산당 창시자 '안토니오 그람시'의 정치사
상으로 부루주아 사회에서 프롤레타리아 혁명을 위해 사용했
던 전쟁 방식의 '기동전'에서 현대 사회는 탈피하여 혁명자들
이 각 시민 사회 내에 잠입하여 지적, 도덕적, 문화적인 면에
서 지배적 권력을 만들어 가며 장기적인 안목으로 혁명 세계
를 향해 부르주아 사회 문화를 붕괴시키는 전략적 사상.

울릉도에는

雲友 조철식

물고기 뼈 같은 빗살의 절벽
푸른 이끼로 가린 동굴에는
*가막베도라치 굽는 연기가 피어오르고
암벽을 오르는 이들
매듭으로 연결되어 도마뱀 같다

분지를 호령하는 *성인봉(聖人峰)의
무너진 산길이라도
손을 잡아 주며 오르는 사람들
같이 가야 하는
산 너머 내일이 부르는가 보다

섬은 살코기의 전쟁터
수없이 부딪히며 쌓인 미움도
봉우리에 해가 걸치면
8월 햇살에 들킨 눈처럼
금세 녹아 사라져 간다

* 가막베도라치: 농어목의 울릉도 토종어류.

* 성인봉(聖人峰): 해발 986.5m롤 울릉도의 최고봉. 성인(聖
人)들의 노는 장소 같다 하여 지어진 이름이라 함.

당신의 삐침

雲友 조철식

숲속의 사랑방엔

새순 같은 속삭임이 요란합니다

당신의 마음을 걷다 수국에 취해

길도 없는 수풀에 꼬꾸라지면

다시금 새처럼 날아올라

큰일이 난 듯 당신을 부른답니다

비탈진 곳에서 손짓하는 희미한 어둠

떠나가는 당신 아닌가요

우주를 활짝 연 설화(雪花)처럼 사라지네요

산 다람쥐 뱀을 본 듯 촐싹거리고

나뭇잎도 봄바람을 즐기며

황진이의 춤사위를 흉내 내네요

당신의 삐침에 헤어날 수 없어

바람이 된 나도 푸 쉬쉬 사라집니다

우리들의 행복

시장 가는 길

雲友 조철식

타고난 약자 생쥐가 되어
어둠을 미끄럼질 한다
거리의 파라솔에는
호랑이 사자 고양이가 호프를 마시며
시장 가는 길을 막고 있다
쓰린 속이 머리를 쥐어짜
잠결을 헤집고 냉수를 마신다

가난의 궁지로 몰아대는
가치의 선동꾼들
골목까지 펼쳐진 급진적 감시망에
걷는 것조차 숨이 차다
족발 향기 퍼지는 시장의 입구에서
자유로운 군침을 누르며
미국에 있는 자유의 여신상을 떠올린다

굳건한 율(律)로서
자유의 힘이 자랄 수 있는
가족의 투지가 북풍에 얼어 버린 듯

함께 지낸 제례의 기억조차 사라져 간다
무한의 자유 아니어도
어머니 품속처럼 잠이 오는
재충전의 가정 간직하고 싶다

배부른 자의 배경화면

雲友 조철식

삼겹살이 불타는 연회장
포식의 감탄사가 끊이지 않고
기름을 짜내는 화려한 연기가
침 튀기는 웃음 태우며
상실의 술잔 속으로 스며든다

빈 소주병이 구르며
계속되는 고기의 행렬
통장의 잔액처럼
채우자 비워지는 소주잔에
굶주린 발톱은 꼬여지는 말로 무뎌져 간다

메뉴판 옆 화면에는
눈이 큰 아프리카 아기
눈물 섞인 흙탕물을 먹고
사람들은 만찬을 즐기며
지구촌의 하루가 저물어 간다

관광과 바이러스

雲友 조철식

*RNA 도면을 접고 관광 지도 펼치며
하와이행 비행기를 호출한다
와이키키 호텔에서 수영 팬츠 갈아입고
영원히 침몰할 듯 해방의 다이빙
야자수에 걸린 숙면의 침대에서
노란 바다의 미풍과 동침을 한다
*패러세일링에 하늘과 손뼉 치다
책상에 사뿐히 착지
사진 한 장 없는 것을 아쉬워한다

인류의 안전과 행복을 위해
슈퍼 바이러스를 물리치자!

사무실의 표어는 언제나 내려본다
'항생제의 내성을 감쇄시켜야 한다'
'강해지는 바이러스를 죽여야 한다'
달력에 그려진 파라솔 그늘에서
비키니가 그려진 술잔을 들이키며
세균 없는 바닷속 우주를 찾아다닌다

* RNA: 염기와 리보오스, 인산기가 결합된 복합체로 유전자 정보의 매개나 유전자 발현의 조절 등에 관여함.
* 패러세일링: 낙하산을 보트에 연결하여 바닷가에서 즐기는 레저.

아침의 불도저

雲友 조철식

버스 타고 가는 도로는
졸음의 미로
금덩이 같은 시간 무시하며
쓸데없이 고불고불
라디오에선 푸념 같은 논평만 가득

아침을 돌게 하는 도시의 건물
갈 수 없는 금고의 울타리 같다
직선으로 가는 불도저를 타고
먼저 금광을 발견하면
*16기통 차고지를 살 수 있을 텐데

낯섦의 명상이 가득한 버스
하늘을 나는 새들은 계절을 물며
옆자리 아저씨는 방귀를 뀐다
*축지법(縮地法)을 배우고픈 출근 시간
벌써 하루의 열량이 빠져나간다

* 축지법(縮地法): 공상적 용어로 같은 거리를 일반인이 따라 할
  수 없게 빠르게 이동하는 기술.
* 16기통: 기통은 자동차의 실린더를 일컫는 말로서, 보통 승용
  차는 4기통인데 이 수가 많을수록 일반적으로 고급차이다.

대동의 우물

雲友 조철식

가정의 물동이가 바닥나도
우리에겐 대동의 우물이 있다
과학의 뒤통수로 덮쳐오는 중금속처럼
부모에게 상처 주고
오히려 차별하는 노동자의 독재론에 빠져
인형처럼 조종되는 범죄자가 될지라도
어머니의 *손 따기처럼
수천 년 동안 전해지는
치유의 우물이 우리에게 있다

*마녀사냥의 손가락질처럼
언제나 가정을 찔러대는 죽창들
*상고(上古)의 하늘에서 불태우자
우물의 아침에 생(生)이 모여들고
새들의 연주에 무궁화가 합창할 때
우리도 따라 부르자

토 다는 이
대드는 이 없고

거짓의 아픈 눈물도

서로 닦아 주는 우물가에는

우리가 살아가는 해방의 문이 있다

* 손 따기: 체했을 때 손가락에 실을 묶은 뒤 바늘로 찔러 피를
  조금 빼내는 가정 의료 행위.
* 마녀사냥: 12세기 유럽 기독교가 일으킨 대량 학살로 마녀로
  올린 여성을 대상으로 함. 현대적 해석으로는 사회 안의 불특
  정 다수가 한 사람 혹은 소수를 거세게 몰아붙이며 사회적으
  로 암매장시키는 선동적 상황을 일컬음.
* 상고(上古): 아주 오랜 옛날.

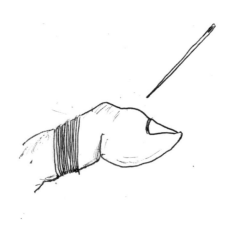

94

주식시장

雲友 조철식

게임 속 광산 같은 증권가
보도의 롤러코스터를 타는 소문에
주식 계좌 통장은 열린 지갑이 되어
헌금함처럼 축복을 기다리고
거꾸로 가는 공매도도 섞여
도박 같은 계산기를 정신없게 한다

단타로 수많은 기업의 주인이 되며
재계를 호령하는 재황(財皇)
연구 투자에는 눈을 흘기고
신기술로 치솟는 주가에
황홀해하는 자린고비의 심리로
우아한 탐욕의 법칙을 만들어 간다

권력에 춤을 추는 정치 주식으로
줄 없는 주식은 버려지고
휴지통이 되어 가는 주식시장
대형 상가에 밀린
변두리 재래시장처럼

개미들의 환호가 사라지고 있다

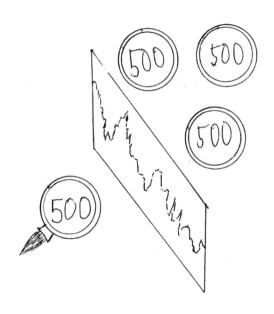

자유의 객체

雲友 조철식

나는 방을 쓸고
너는 마루를 닦고
우리는 어느 곳에서 집을 청소하며
이방인 세상의 면접 같은 말문을 트고
눈동자의 인상도 알아 가면서
비벼가는 동굴의 세상을 만든다

거울을 보며 춤을 추는 너
노래 부르며 감사하는 나
우리 집이 *맴놀이를 한다

낙엽이 눈에 덮이며
마녀의 생각과 늑대의 외침이
혹한 같은 불협의 협객을 불러올지라도
우리의 포옹은 자유로운 사랑이다

육교 위의 너
바라보며 부르지 않아도
도시의 하늘이 어두워지면

너와 나는 타인의 집에 모인다

* 맥놀이: 진동수가 거의 같은 두 소리가 중첩된 결과. 규칙적으
  로 소리가 커졌다 작아졌다를 반복한다.

고구마

雲友 조철식

아직 적도 같은 초가을 햇살이
삽살개의 꼬리를 흔들고
텃밭에서 땀 흘리는 어머니의 호미에
고구마 향이 간질거린다

자유와 평등의 교복보다
배고픔이 싫은 누나들 그리고 형
집에 와 가방을 던지고
*소조 같은 친구에게 가려 할 때

고구마 삶는다!
바구니엔 생고구마 가득하고
저 아래 멀리 가는 신작로는
뿌연 먼지에 싸여 저녁노을이 된다

부엌으로 가는 어머니의 긴 그림자
고구마 냄새가 달큼해지며
누나들이 상 차리며 호들갑 떨 때
아버지 거 남겨놔!

나이트클럽의 고독

雲友 조철식

레이저가 쏟아지는 클럽의 밤
*이디엠(EDM)의 파장이
고꾸라지는 청춘들의 기억을 몰아내고
불그레한 술잔에 빠트린다
안주 한 입 담배 한 모금
환각의 파라다이스가 펼쳐진다

총알처럼 뿌려대는
디제이(DJ)의 드럼과 베이스
방콕인 듯 어두워도
보랏빛 렌즈로 처음 보는 눈동자들
쉴 새 없이 *부킹 등을 깜박이며
나비처럼 플로어에 빠진다

둘만의 소파에 앉자
얼굴을 비껴대며
사랑의 온기에 취한 연인
깨어나기 싫은 듯
술 한 잔 안주 한 입 담배 한 모금으로

망각의 배를 멀리도 저어 간다

* 이디엠(EDM): 전자연주 음악으로 주로 클럽 등의 주점에서 댄스용으로 이용됨.
* 부킹: 나이트클럽 같은 곳에서 처음 본 사람들이 만나 즐거운 여가를 보내는 것.

고향의 사당

雲友 조철식

까마귀도 굶주려 나뒹구는 도랑
아랫마을 새신랑 일을 찾아
현해탄 *관부연락선(關釜連絡船)에 오른다
바다에 떨어진 새색시의 손수건이
열도의 광산에서 그리울 때
바람 탄 벚꽃이 고향의 소식처럼 살랑댄다

새색시 혼자 남은 *대성산이 푸르를 때
종친 할아버지 한옥 같은 *행여를 타고
구부러진 샛길 따라 올라가시고
경성으로 떠난 손녀 돌아와
고향의 사당에서 절을 올린다
마을의 새벽에는 소가 *이랑짓기 하고 있다

하늘과 땅과 마을에는
기억이 머문 흔적들이
사당 가는 길을 따라
비석의 문구처럼 새겨져
가족의 정(情)이

시간을 타며 나누어진다

* 관부연락선(關釜連絡船): 1905년 조선의 부산과 일본의 하관(시모노세키)을 연결하는 240km의 바닷길을 연결하는 여객선으로 경성과 도쿄 사이의 철도길 중간의 바다를 연결하는 기능을 함.
* 대성산: 충청북도 옥천군 이원면에 소재한 산.
* 행여: 상여(喪輿)의 충북 방언.
* 이랑짓기: 소에 쟁기를 매어 땅에 고랑을 파면 튀어나온 부분이 생기는데 이를 이랑이라고 하고, 작물 재배를 위한 이러한 농경 작업을 말함.

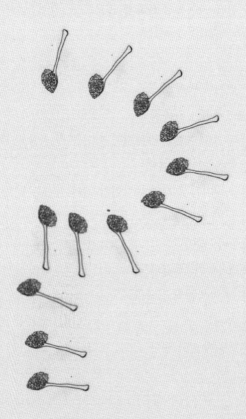

Ch6
·········
같은 양을 먹는 사람들

인공회로

雲友 조철식

전자지갑의 *부르주아 아저씨
먹기 위해 사는지
살기 위해 먹는지
귀족 같은 식단을 소화하며
오래도 무념의 배를 채운다

진한 먼지의 바쁜 일상
*프롤레타리아 가족들
급성 된 소화기관 무감해지며
같은 양을 먹는 강령에
질병을 숨기는 무지의 몸뚱이가 된다

부르주아 "많이!"
프롤레타리아 "똑같이!"
전쟁 같은 생존의 집념이
독을 부르는
인공회로가 되고 있다

* 부르주아: 근대 절대왕정의 중상주의 정책으로 부를 축적한 유산 계급으로 왕정과 반목하는 시민 혁명의 주체가 되었으나, 후에 사회주의 혁명 세력에 의해 청산 계급으로 지목됨.
* 프롤레타리아: 임금 노동자 계급으로 자본 축적의 피해자로 여겨짐. 사회주의 혁명의 이념적 주축 세력이 되며 근대화의 대변혁기를 주도하는 큰 축이 되었지만, 결국 빈곤의 평등화와 독재 정권의 탄생과 억압 및 착취의 정당화만 부추기는 사회현상을 유발함.

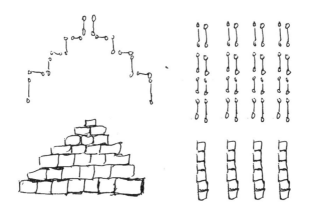

시간의 색깔

雲友 조철식

새벽부터 북적대는 *황천길의 공사장
방진 작업복과 철갑 안전화로 무장을 하고
차비와 물병을 넣으며
무사 귀환의 요령을 신에게 물어본다

망치질이 고막을 눌러대며
다가오는 *참 시간은
아침에 떠오르는 태양의 미소 같고
봉지 커피 한잔은 달콤한 소주 같다

시간의 모래주머니
쉼표라 말하는 담배 연기 사이에
전신을 슬그머니 비류직하(飛流直下) 시킨다
끝을 알리는 반장님의 싸인

받는 돈이 비슷해도
파김치가 되는 나의 하루
색깔 먹은 구름이 되어
일터의 보람은 잊혀만 간다

* 황천길: 정상적으로 죽은 사람이 염라대왕에게 가서 신선이 될지, 사람으로 환생할지, 지옥으로 떨어질지를 판결받기 위해 가는 경로로써, 이곳에는 비정상적으로 죽은 유령이나 악귀가 많고 통과해야 할 여러 관문이 있다고 함.
* 참: 일을 하다 잠시 쉬며 간식이나 음료 등을 먹는 시간.

평등은 순한 양을 탐한다

雲友 조철식

이념을 장착한 기계 군단의 침략을 피해
평등을 외치며 외계로 간 천막촌에는
앉은 높이와 입은 옷 달라도
같은 양의 배급에는 불만이 없다

똑같은 식판을 마주하며
소갈비 먹고픈 속내에도
무뇌(無腦)의 자동 반복 녹음기처럼
분배의 평등만 주절댄다

평등의 외침으로 채울 수 없는
인간의 성(城)이 막사의 전등을 흔들며
군침 도는 순한 양을 찾아
잡아먹을 죄목을 만들고 있다

공평의 진리에 관하여

雲友 조철식

단칸방의 두 식구가
콩나물시루처럼 네 식구가 되며
쌀집을 자주 찾는다

안겨진 아기는 허밍(humming)을 하고
내일을 기약하는 자장가가
막연한 밤 희망의 행진곡이다

오래전 결혼한 입사 동기
편안한 외로움의 무게감에도
여전히 잉꼬 같은 웃음을 짓는다

두 집은 수입이 같다
두 집의 쌀통은 같은 양을 먹는다
두 집은 사랑의 모양처럼 소비량은 다르다

공평의 추가 기울어진 것은
공덕(功德)의 차이인지
하늘의 섭리인지 답이 없다

메뚜기 탈춤

雲友 조철식

이유도 모른 채 초등생이 되어
가다 보면 꽃다발 가다 보면 꽃다발
종점에는 한정된 좌석이
지정된 후계자를 맞이할 뿐
어른 된 아기는 비 오는 호수 공원을 걷고 있다

자라나는 새싹들
독재 세력이 될지라도
빨갱이가 될지라도
직장의 채찍이 될지라도
버려진 이방인이 될지라도
알아가는 권력의 진공에 빠지기 싫어
눈 코 귀 막고 학교에 다닌다

캠퍼스에 가끔 오는 참새들이
보란 듯 파닥거리며
자유로운 숨통을 쪼아댄다

사회는 인맥의 자기장

인력(引力)과 척력(斥力)의 역학 속에
예정된 곳에 가야만 하는 학생의 길
지정된 이 꿈동산에 입성하고
들러리들 정처 없이 꿈돌이 되어
거리에서 메뚜기 탈춤을 춘다

선거의 매장

雲友 조철식

전국을 팔고 사는 선거의 매장
누구나 양심을 사고팔 수 있지만
사람의 순결은 얻을 수 없다
대박을 노리는 암거래 시장은
*기획 부동산처럼 조작 패거리로 북적인다

'기호 1번 내연성이 우수하여
아무리 열 받아도 불이 잘 안 붙어요'
'기호 2번 내구성이 좋아서
아무리 물 먹어도 잘 변하지 않습니다'

아침 햇살을 담고 모여드는 사람들
4년 장마당이 모조품으로 짬뽕이다
헛소리의 과장 광고에 귀 막고
쓸모없는 장식품은 외면하며
고르고 골라 실생활에 쓰이는
상품에 손가락 끝을 대어 본다

* 기획 부동산: 본래 미래 가치의 땅을 찾아내 사람들에게 소개
  하는 것이었으나, 점점 구매자를 속이는 사기 부동산 집단을
  의미하게 됨. 이들은 미래 가치를 과장하거나 높은 수익률을
  보장하는 방식으로 관련 법 내용과 절차를 모르는 구매자를
  유혹하여 불법적 이득을 취하는 경우가 대부분임.

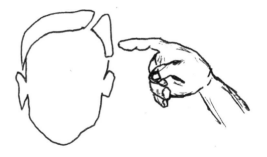

민족의 용산에서

雲友 조철식

남산 타워의 새해
민족 용산의 삼각지를 녹이고
대통령과 노동자들 한자리에 앉아
꿈틀거리는 직장의 내일을 위해
정담의 차를 마신다

국무총리와 신입 같은 *경단녀는
전쟁기념관 평화의 광장에서
흔들의자에 놓인 가계부를 고민하며
취업처럼 얼어붙은 한강에서
홀로 나는 흑기러기를 바라본다

새날의 해는 소통의 창
사랑이 운명이듯
위 특권 아래 서민 없는
친구 같은 남들이
가족처럼 미래를 나눈다

* 경단녀 : 경력 단절 여성의 준말로 직장을 다니다 출산 등의 이
유로 경력이 중단되어 재취업이 힘든 여성.

평등의 속사정

雲友 조철식

죽음이 만민의 평등이라도
음주 운전의 주검에 보험의 면책을 내밀고
자동기계의 설계에서 외면된 생명
압착의 피눈물을 흘린다
날아오는 포탄에 날아가는 사람들
*작용과 반작용의 법칙이라고
독재의 숭배자처럼 달가워하지 않는다

불멸의 평등과 고안된 평등 사이
살생자는 구원받은 자처럼 잊혀지고
통곡의 장례식에 모인 사람들
양심을 찔러대는 지성의 졸업장이
통돌이 세탁기처럼 자신을 두드릴 뿐
헛소리의 비겁한 방조자가 된다

*천안문 사태의 탱크처럼
무력으로 평등을 이룰 수 없듯
물질 우선의 오만이
이상의 명분에 생겨난 멍 자국을

하얗게 꽃피우는 저승사자가 된다

* 작용과 반작용의 법칙: 뉴튼의 제3운동 법칙으로, A 물체가
  B 물체에 힘을 가하면 반대 방향의 동일한 힘이 B 물체에서
  A 물체로 작용한다는 것.
* 천안문 사태: 1989년 6월 4일 중국 베이징의 천안문 광장에
  서 민주화를 요구하는 시민과 학생을 중국 정부가 무력으로
  유혈사태를 일으키며 진압한 참극.

차별 없는 예수님

雲友 조철식

흡혈의 늑대 같은 황권에 쫓겨
하늘의 십자가를 따라
찾아간 예수님
천둥과 불벼락으로 악귀를 쫓으시며
태초의 빛으로 부활하게 하신다

무너진 돌무더기가 으르렁대도
찬송가를 부르며 흘리는 눈물
무너진 틈 사이에 떨어지며
돌 치우는 천사들의 사랑이
빠짐없이 스며든다

예수님의 사랑을
더 가질 수도
덜 가질 수도
없는 곳이
차별 없는 하나님 세상이다

학교의 두 얼굴

雲友 조철식

빈민촌 같은 지린내 골목 내려와
커다란 대문을 지나면
대학 가는 통로 학교 앞이다
검은 세단에서 내리는 아이
지나는 시선도 마주치지 않는다

가진 것은 무엇인가
짚신처럼 헐렁해진 신발에
자유가 성적을 재촉하고
걸칠 것 없는 어깨가 둥지인 양
새들이 앉아 인사를 한다

소유를 알기도 전
무소유를 비웃는 등교의 길
허상을 약속하는 학교는
이유 없이 작아지는
불평등의 도장(道場)이다

Ch7
·········

나를 따르라

역사의 피안(彼岸)

雲友 조철식

유라시아 대륙으로 솟은 대한민국
평화로운 부모님의 대한민국
아이들이 뛰어놀 고조선의 대한민국
우리는 오천 년의 동반자이다

노동자로 둔갑한 양이(洋夷)의 공산 제국
앞잡이 부역자를 쳐부수며
죽음도 기꺼이 맞이하는
전우의 절규 청천에 가득하고
대한 가슴의 태극기들 꿈틀거린다
포탄이 세상을 덮쳐 와도
역사의 *피안(彼岸)으로 향하는 전우들

오월의 바람을 타고
전선 따라 노랗게 핀 민들레가
우는 아기 달래는 아빠의 손길처럼
권력에 위협받는 일상의 자유를 달래어 준다

홍익인간(弘益人間)

雲友 조철식

요하(遼河) 창춘(長春) 저 먼 탐라(耽羅)까지
태양의 폭풍 속에 우레 같은 말씀
'함께 사는 우리가 돼라'
흰머리 정령(精靈) 백두산(白頭山)의 부름에
모두가 한 마당에 있는 듯
'홍(弘)'이라고 외친다

고난이 밀려와 하늘을 바라볼 때
구세주 같은 조상님의 말씀
'서로에게 도움을 주도록 하라'
*화산체(火山體) 정령 한라산(漢拏山)의 부름에
모두가 한마음 된 듯 하늘 향해
'익(益)'이라고 외친다

아침 대륙의 정령(精靈)에 번뜩이는
청동 거울과 철의 단검
동북아 주인 백의민족(白衣民族)의 주춧돌이 된다

* 정령(精靈): 산천초목이나 무생물 따위의 여러 사물에 깃들어
  있다는 영혼.
* 화산체(火山體): 마그마가 지표로부터 분출하는 화구로부터
  분출물이 주변에 쌓여 하나의 산(山)을 이루거나 퇴적물로 남
  아 있는 것.

자기분열(自己分裂)의 민주주의

雲友 조철식

화창한 주식시장의 봄이
해방 이후 가난의 전선을 밀어도
국가는 국민의 영혼을 말소하며 유령이 되고
자유 나라의 군주가 되고 있다

투표소에 쌓아온 여망
아이들의 가시 같아 잊어버리고
부모님 만수무강에 포기하고
배우자의 궁핍에 식민(植民)처럼 굴복한다

사형수의 마지막 유언처럼
남아 있는 양심까지 버려 가며
표의 대가를 요구하는 사람들
*자기분열(自己分裂)한 이권의 요리사를 찍는다

선거는 인간 제물의 의식
왕이 된 우상은
국민에게 인간의 이탈을 명령하며
자신을 숭배하는 유령을 출산한다

* 자기분열(自己分裂): 의식이 하나로 통합되지 못하고 둘 이상
  으로 나누어지는 것 같은 혼란감.

하늘의 법칙

雲友 조철식

인간을 삼키는 대도시는 배부르다
*두레를 대체한 공존의 규칙 설명서는
피 묻은 황금이 가리며
어버이 같은 지도자는 사라지고
도시인은 선사시대의 하이에나가 되어 간다

돌멩이에 고꾸라진 사슴
으르렁대며
발 걸려도 달려드는 부족민들
호랑이 머리의 부족장
태양신을 가리키며 마음대로 분배를 한다

향교의 마당에 모인 농부들
모내기의 품앗이와 물길을 저울질할 때
고을의 어르신 진사님
왕국에 펼쳐있는 유교의 이치와 도리로
농자천하지대본(農者天下之大本)을 펼친다

먹어야 생존하는 하늘의 법칙이

수만 년 생활에 진화하며
선비정신이 숨 쉬는 지역에는
부(父)의 덕을 겸비한 사람이
단군 같은 지도자로 추앙받는다

* 두레: 농촌에서 농사일이나 길쌈을 협력하기 위해 마을 단위
  로 만든 공동 노동 조직.

우리는 구원자

雲友 조철식

도우며 살아가야 하는 우리는
언젠가 도움을 받을 수 있는
누군가의 구원자다
우리는 누군가의 하늘이다

움츠려지는 늦가을 자정
천장에서 아기 같은 부슬비가 방긋 나온다
수리 센터는 자동 응답으로 단절되고
119 구조대는 요청을 거부할 것 같다
기와지붕에 오를 수 없어
비가 눈이 되길 기도한다

옆집 자가용의 출근 시동에
앉아 있던 선잠이 깨고
따로 사는 형에게 피난의 하룻밤을 알리며
구원의 손을 잡는다

선산의 의미

雲友 조철식

바람도 누워 자는 갈대숲을 지나며
어렴풋이 *상고사(上古史)가 깨어난 듯 멍해지고
소나무 울창한 산기슭에 올라갈 때
푸드덕 황등빛 까투리가 뒤를 쫓는다

선조들이 계신 선산
대한민국의 역사가 가슴을 두드리고
연인처럼 나란한 조부모의 봉분에서
아버님과 절을 올리며 족보의 장을 펼친다

본 적 없는 조상님들
지나온 삶과 남기신 말씀 들으며
잡념에 홀리지 않는 생의 길을 발견하고
민족이란 큰 가족을 품는다

* 상고사(上古史): 아주 오래전 시대(구석기, 신석기…).

학생살이

雲友 조철식

언제나 비교 받는 학생들
비용 대비 최대 효과에서 *비교 우위까지
날강도 조장 심리를 진리로 여기며
책가방에 대가가 주어진다는 허상에
중독되어 간다

국가는 싸늘한 프로그래머
직업 코드에 일꾼을 밀어 넣기 위한
체계적인 문턱의 알고리즘을 만든다
우아한 고급 언어에 선택된 이에게
엘리트의 호칭으로 고수입을 보장하고
기계 같은 무언의 직원을 공급하기 위해
전체화된 이들을 데이터베이스에 대기시킨다

여전히 희망의 돈 가방을 메고
일회용 하루살이로 거리를 배회하는 잉여 인간들
유동 인구수에 포함되어 부동산 정책에 삼켜지고
일자리 부족의 통계 수치가 되어
귀족 같은 직장인들의 일자리에 기여한다

* 비교우위: 동일 제품의 생산에서 들어가는 기회비용 차원에서 더 이익을 준다는 뜻으로, 주로 대외무역에서 두 국가가 동일 만 제품을 생산하는데 들어가는 비용이 작은 국가가 비교우위 에 있다고 함. 두 국가가 비교우위의 제품을 상효 교역하면 서 로 이익을 줄 수 있다는 경제 논리.

번식의 꿈

雲友 조철식

*광에서 겨울잠을 잔 씨앗으로
꿈을 향한 모판에 모종을 한다
가을바람에 벼 이삭을 두드리며
폭포수처럼 떨어지는 금화로
사채놀이 하고 땅을 사고 아파트를 사며
해마다 부풀어 오르는 금 궤짝에
가난의 굴레를 벗어나 귀족이 되어 간다

가족들이여 나를 따르라!
도회지의 비릿한 내음에 쾌쾌한
변두리의 고택을 헐고
우주선 조립식 공장을 세운다
텅 빈 곳을 채우기도 전에
몰려드는 재개발 전사들
쫓겨 가는 원주민 틈에서
짭짤한 보상금으로 1+1 같은 번식을 한다

직원들이여 나를 따르라!
돈의 힘으로 여의도에 도전장을 낸다

아름다운 돈의 세상
알곡은 종잣돈처럼 전용 비행기 되고
만인을 내려보는 푸르른 하늘에서
어딘지도 모르며 날아다닌다

* 광: 식량, 부식, 각종 생활도구 등을 보관 및 저장하는 가옥
  내의 창고의 순 우리말.

국민의 명령

雲友 조철식

몸속에 새겨진 별이
검붉은 성운에서 깨어나듯
태양 광선의 암구호(暗口號)에 반짝인다
처음 본 자의 증표
죽음의 길도 함께 가는
낯선 가족의 인연이 된다

폭력에 저항하며 *초개(草芥)처럼 쓰러지는
작은 자유의 불씨도
내일을 맞이하는 국민을 위해
혁명 전사의 깃발에 담기고
만인의 숭고한 우상이 된다

한반도를 넘어 대륙의 중원까지
대한의 깃발을 앞세우고 진군하는
자유 민중의 전사에게
황제처럼 호령하는 국민의 명령
얼어버린 사막의 대륙에
무궁화를 피어나게 한다

* 초개(草芥): 풀과 지푸라기를 아우르는 말로 흔히 지푸라기라
  고 하고, 쓸모없고 하찮은 것을 비유하는 말.

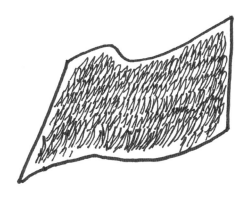

보문산 전망대

雲友 조철식

보문산에 태양이 떠오르면
대양의 붉은 파도처럼
오거리에 차들이 몰려오며
행진의 나팔을 불고
두 발로 걷는 들꽃은 마냥 즐겁다

보리 비빔밥과 파전을 오가며
막걸리 한 사발에 산신령께 인사하고
기억을 털어 가며 올라서는 전망대
도시에는 변신의 기회를 노리는 기회주의자
수많은 교차로에서 색깔의 눈치 보기 바쁘고
색시들로 번잡한 도시를 사냥하듯
욕(慾)의 만상(萬像)을 곡곡(曲曲)하게 펼친다

앞장선 이
따르는 이
모두 무덤으로 사라진
대전의 25시에는
야외음악당 비둘기가 드라이브한다

감정은 사기이다

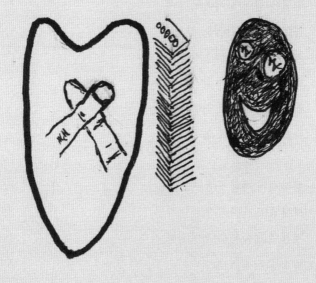

죽어 가는 가족

일어나, 밥 먹고 학교 가야지!
부모님의 고함은 생활의 교과서
엄마처럼 동생을 챙겨 주는 누나
화장실에 분주한 게으른 형
집을 비우려 모두가 분주한
자동화된 아침엔 된장 냄새가 그윽하다

누님은 *파라오에 충성하듯
*피라미드 대리점의 신상품을 풀어 놓고
부자 되는 길을 설파한다
모든 것을 포기하고 절박하게 뭉친 형제들
집을 팔아가며 피라미드 직급을 높이고
나도 함께하자고 몰아댄다

호주제의 폐지처럼
부모님의 울타리가 무너지고
형제애도 돈의 미끼로 전락하며
말소된 가족의 감정
호적의 인쇄는 여전히 꿈틀대는데

부모님 기일에도 모이지 않는다

* 파라오: 고대 이집트의 최고의 통치자.

* 피라미드(영업 방식): 다단계(다계층) 판매 방식으로 일반적
  도소매와 달리, 소비자가 물품을 구매하며 판매자가 되어 유
  통망을 확대시키는 단계를 피라미드 모양으로 확장해 가는 방
  식으로, 하부 조직의 판매 이익도 분배받으며 큰 이익을 얻을
  수 있는 것처럼 소비자에게 접근하여, 빚으로 물품을 구매하
  며 영업실적을 높이는 상황까지 유발하여 사회적 문제가 됨.

감정의 배신

雲友 조철식

한 발 한 발 척 척
안전모 척 안전화 척
어깨에 하루를 메고
메마른 먼지 마시며
한 발 척 한 발 척
건설의 현장에서 행진을 한다

가족의 웃음에
봄의 이슬비처럼 촉촉하고
여름의 그늘처럼 시원하고
가을의 추수처럼 배부른
시장 같은 일터에서
준공을 향한 *라디오에 맞추어
울퉁불퉁 진흙탕도 행진을 한다

신이 내리는 풍요에서도
*아프로디테의 불륜을 막을 수 없듯
땀방울이 모은 넉넉함이
때로 눈물의 샘이 될지라도

살아있는 일터에서

한 발 척 한 발 척

안전모 척 안전화 척

* 라디오(radio wave): 전파.
* 아프로디테: 그리스 신화에 나오는 미와 사랑의 여신으로 남
  편을 두고 불륜에 빠진다.

존경받는 사채

雲友 조철식

코인 투자 상가 투자 미래까지 엮인 사기
술 먹고 고통 먹고 술 먹고 화통 먹고
출근하는 마누라의 잔소리는 따발총일세
학원 끊은 아이들 새벽인데 어디에 있나
최후의 보루 은행에 들어가니 오히려 깜깜
떨어진 신용 등급에 도망칠까 째려보고
담보물이 사기꾼과 바람나 밖으로 차이네
고금리 사채는 금지한다고?
웃겨 정말 찰떡궁합이여 그래 죽여라 죽여
정부는 서민 속도 모르고 사채를 주무르나?
사형수도 마지막 유언은 들어주는 법인데
고금리 사채마저 금지하면 이제는 어찌 살라고!
마지막 하루가 축복인 듯
관(棺)속 같은 사무실을 두드리는 국민도 생각 좀 해야지
사채, 그래도 살아 있는 기회비용 아닌가!
지하의 도살장으로 소몰이하는 서민정책
국민을 갖고 노는 교활한 탈놀음이여
사채꾼들? 돈만 아는 조직이라도
가혹한 폭력의 **빨갱이** 같아도

개들이 고맙고 당당해 보일 때가 있어

정부의 무관심에 반감인지 모르지만

아니면, 무지한 책상머리에 대한 원망 때문일 거야

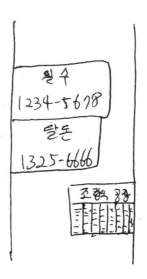

사랑의 원죄

雲友 조철식

그녀의 어깨를 당긴다
지금은 달 방이라도
철거의 먼지 자욱한
폐허 된 마을 가리키며
내 것인 양 둥지를 자랑한다

결혼은 같이 숨 쉬며
평생 옆에 있는 것
결혼은 종족이 연속되는
선조의 후속 드라마
결혼은 평화로운 웃음꽃

그녀에게 조상님의 큰 뜻을 전하며
가난의 불신 무너뜨리고
피자를 오물거릴 우리 가족의
한겨울 모닥불을 피워 주며
사랑이 가득한 아파트를 약속한다

폭격 받는 주식시장

雲友 조철식

기업의 감사보고서를 훑어보고
호객의 안내로 들어선 주식시장
매도 매수 해외 직구
달러가 파친코처럼 빙글빙글 돈다
*암호 화폐의 어두운 행실도 살펴보고
나라님들 *정치 주식도 겸손하게 바라본다

공신력의 쪽지에 쏟아질
코인의 바다에 잠겨
잔고를 모두 쏘아 버리는데
인공지능의 급진적 물결을 탄
권력의 급변은 폭격적이며
유망한 회사의 상장마저 폐기된다

개미도 분배받는 기대와
경제 발전에 기여란 조그만 양심조차
수익만 좇는 증권가에 날아가고
행복도 함께 누리자던
자본주의의 무책임한 표정에

무일푼으로 갈 곳이 없다

* 암호 화폐: 비트코인 같은 블록체인이나 DAG를 기반으로 한 분산원장에서 작동하는 화폐로 분산 장부에서 공개키 암호화를 통해 안전하게 전송하고, 해시 함수를 이용해 쉽게 소유권을 증명해 낼 수 있는 디지털 자산.
* 정치주식: 주요 정치인들과 인맥이 있는 기업으로 정치인의 권력과 주가의 변동이 상관관계에 있는 주식.

민중의 별

雲友 조철식

누구나 아는 거짓말처럼
이번 선거도 판박이다
유세장이 된 거리의 무대에서
데모의 기억이 담긴
'국민이 주인이다'를 외쳐 본다

폼나는 유세 차량 앞 청년 댄스
수많은 민중의 투쟁사에도
권력은 여전히 돈 잔치
빨갱이로 물이든 불량배들 때문에
나라의 주인은 행방불명이다

거리를 불태웠던 우렁찬 함성
영원히 떨어지지 않는 민중의 별이 되어
사기꾼들의 얼굴을 비추어 준다
짧은 배부름에 홀리지 말고
하늘의 별이 되라고

농부의 한 해

雲友 조철식

늦여름 태양이 흐물흐물 녹이는 대지에서
회장님 부부는 배추 씨앗을 *점파(點播)한다
추운 김장의 계절이 오면
오르는 생활비가 지갑을 비워 가도
제자리 배춧값에 겨울이 더 춥다

논물에서 한가한 이장님
자주 오는 비에 날씨도 패이고
가을로 가는 산들바람 타며
정부의 수매가에 큰 시름은 없다
햇볕에 그을린 잠자리가 벼 이삭과 도리질한다

들판은 사기꾼
배추는 씨앗 값 빼기도 힘들고
쌀농사는 해외여행을 한다
여자 팔자 뒤웅박 팔자처럼
군청의 홍보가 농부의 한 해를 갈라놓는다

* 점파(點播): 씨앗을 하나 또는 몇 개씩 일정 간격으로 뿌리는 것.

약한 자의 행진

雲友 조철식

약해진 무릎에 산행이 힘들고
약수터 가는 길이 머나면 고향 같다
번식력이 왕성해진 강아지들
거리를 차지하며 방해가 되고
사냥개 *리트리버가 달려들 기세이다
물려도 도와주지 않는 고난의 세상
눈에 힘을 주며 강해 보인다

눈이 흐려지며 돋보기가 필요할 때
별리의 강을 탄 사랑의 배신
남모르는 품에 안겨 상처를 감추고
귀신에 쫓기는 마음
도사의 부적으로 감춘다

힘들 때를 어찌 알고
구세주처럼 행세하는 등장인물
사기와 폭력으로 뒤통수쳐도
좌절하면 죽음뿐이다
발바닥에 못 박힌 듯 벗어나기 힘들어도

진군가로 행진하는 자유의 군인처럼

늠름하게 걸어간다

* 리트리버: 대형의 사냥견으로 기민하고 황금색 털을 지니고
  있음.

포도주

雲友 조철식

옥천 산골 포도밭에서 자란
당도 높은 9월의 포도알로
지하의 숙성 통에 들어가
껍데기만 남기는 수도를 하고
2년에 걸쳐 피눈물 같은 알코올이 된다

놀아 줄 기분 아닌데
나를 흔들며 자기들 사랑 나누고
때론 나에게 침잠하며 명상에 빠지고
그리도 좋은지 보약인 듯
성인병 예방을 떠들곤 하지

기억의 정거장이 시간을 타고 사라질 때
당신들은 나를 들고 마주하며 배신을 하지
때론 가녀린 죽음까지 맞이하며
너무 많은 그림자가 빈 병에 들어가
내가 있던 곳일 뿐인데

원숭이와 바나나

雲友 조철식

엉금엉금 사로잡는 바나나 미향(微香)
원숭이는 매장의 가격표를 보고
돈벌이를 찾아 나서고
거리 마술사의 동전 통에
발걸음을 떼지 못한다

피에로와 날고 기는 재주를 부리며
바구니에 덩크 숫도 하고
사람들 무릎에 앉아 재롱도 피운다
어둠이 내리며 상점 앞 가로등이 밝아지고
무거워진 동전 통이 배부른 트림을 한다

진열대의 바나나는 손짓하지만
마술사의 채찍은 말 등을 갈겨대고
갇혀 버린 마차의 철창 속에서
원숭이는 눈물 흘리며
두 손으로 어제의 얼굴을 감춘다

Ch9

자연스런 인간의 삶

꿈꾸는 대동(大同)

雲友 조철식

대자보의 담벼락 위에서
굶주린 난민처럼 자유를 외치는 학생들
권력의 격차를 증폭시키는
차별과 부정의를 얽어맨 이념의 맹목에서
해방된 *대동(大同)을 갈망한다
단군이라도 내려와 무한한 사욕을
잘라 주길 바라며

좌우가 없는 살쾡이의 현실에서
이상(理想)을 찾아 떠도는 학생처럼
아스팔트 한쪽 구석에는 민들레가 피어나고
폐지 담은 손수레가 웃으며 지나간다

시대를 물어뜯는 대자보의 주인공들
아름다운 소망을 반항으로 단정하며
언론을 주무르고
재물의 권리자가 되어
도시의 대로(大路)를 만들어 간다
민주주의 왕조의 주작대로처럼

* 대동(大同): 온 세상이 번영하여 화평하게 됨.

늙어 가는 죄인

雲友 조철식

고인의 이름을 제사상에 놓고
무릎 꿇는 의식을 노비 같은 복종으로 여기고
하나님의 사랑을 내세우며
동방의 역사를 꺼리는 사람들
가족의 온정에 바람난 듯 배신하는
부정의 몸부림을 개혁의 가면에 숨겨
신인류로 탄생한 부족의 소굴을 왕국이라 우긴다

가부장의 짐을 진 아버지의 눈물마저
우울의 황천길에 바치는 십자가 맨 신민들
아무것도 차리지 않은 제삿날 빈방이
배고프지 않냐고 묻지 않아도
추억의 영화처럼 반역의 쾌감이 재생되어도
늙어 가는 곡소리에 부모님을 부르며
우상의 참모습에 잠 못 이루는 죄인들

행복을 저축하는 만두

雲友 조철식

밀가루 반죽에서 떼어낸 새알
참나무 밀대로 편 만두피에
아랫마을에서 얻은 두부와 양파
돼지고기와 작년의 묵은 김치를 다져 넣는다

*성황당(城隍堂) 뒷산의 대나무 통에 담아
썩은 냄새 쫓아내고 잡귀를 살균하여
할아버지 할머니께 먼저 드리고
저녁에 들어오실 아버님 것 남겨 놓는다
강아지처럼 몰려드는 자식들 물리치며
이웃과 나눌 행복의 맛
모락모락 찜통에 넣으시는 어머니

마을의 유지 같은 할아버지 성품에
후한 인심의 가족들
만두를 나르고 동네의 복조리도 모으며
행복을 저축하기 바쁘다

* 성황당(城隍堂): 한국의 무속신앙에서 신을 모시는 사당으로, 고대 중국 성을 수호하는 신앙이 송나라 때 크게 유행함. 중국에서 들어온 성황당은 한국 특유의 산신 신앙과 천신 신앙에서 그 원류를 찾기도 하고, 토속신앙과 융화되며 성지 수호는 물론 고을과 지역의 태평과 만복을 기원하는 제를 지내는 곳으로 자라하게 됨.

금산세계인삼축제

雲友 조철식

지초와 횡계에 생기 도는
금산의 얼굴 약령시장에서
백두산이 깨어나는 북소리가 퍼지고
*삼장제(蔘藏祭)의 단이 오르면
농부의 붉은 열매 알알이 쏟아지며
장승같은 인삼들이 흥겨이 춤을 춘다

방방곡곡 잔불 같은 생명을 되살리고
온몸의 수심을 몰아내는
금산의 인삼
장수의 마을 한 자리에 모여
액을 쫓듯 길놀이 하는 장구와 꽹과리
세계가 모이는 축제의 장을 연다

연수가 필요 없는 체험 마당
피부로 약초를 음미하고
인삼주병에 술도 담아 본다
효심의 금산 인삼
천 년이 훌쩍 넘었어도

여전히 백의(白衣)의 생활에 살아 있다

이타(利他)의 모순

雲友 조철식

똑같이 주시면 얼마나 좋을까
제사를 이어 주며 가족의 울타리를 지키고
출가한 딸도 살피고픈 부모님
전화를 받지 않는 거리처럼
나를 먼 곳으로 방황하게 한다

요양사가 되어 어르신들 수발을 든다
부모님의 시골 땅에
소녀 때의 순수는 사라지고 내 몫도 없어
노인회관 자원봉사로
모래시계 같은 그리움을 달랜다

삶이란 고민도 소용이 없어지며
어젯밤도 비우고 죽음을 기다리신 듯
휠체어에 앉으신 무표정
지나가는 호들갑 젊은이들
할머니와 마주치며 찰나의 휴식을 선물 받는다

천문대 아이들

雲友 조철식

*강보를 벗어난 아이를
광야의 하늘에 고하려는 듯
아버지는 추운 겨울 대나무를 깎아
태극 방패연을 만들어 주신다
산마루에서 하늘을 우러르며
점이 된 나를 잡고 있다

아들과 털모자를 쓰고 오른
도시의 방주 같은 천문대
깃털 구름 사라지며 빛 퍼지는 하늘에
망원경을 펼쳐 건네준다
오리온을 찾아 총총대는 아이들
밤의 항해사가 된다

밝은 별이 가슴에 떨어지며
성인이 된 청년들
별자리를 바라보며
떠오르는 새벽이 된다
눈 덮인 얼음장 아래에는

개울 피라미가 꼬리를 흔든다

* 강보: 어린아이의 작은 이불로 덮고 깔거나 업을 때 쓴다.

좌(佐)는 어디에

雲友 조철식

커다란 티셔츠에 긴 목걸이
힙합으로 거리의 눈총 잡으니
어렴풋이 떠오르는 선생님 말씀
복장은 나의 거울
호기심의 자유로 반항하는 낯선 나에게
꼰대처럼 중얼거린다

왼쪽은 환상의 광장에서
독재의 좀비로 새롭게 재생되는 반역의 창
우측 깜빡이만 선전하는 검은 권력에
회사도 오른쪽으로 가는
속물의 자율신경 되었지만
하늘을 담고 있는 가족과 반쪽은 살아 있다

기나긴 굴욕에서 해방되며
참여한 저항의 토굴
인공지능 같은 공작으로 청와대에 입성하고
순진한 충견으로 가족까지 물지만
식탁에서 행복했던 자유의 경력에

좌(佐)가 아니었던 산적 같은 떼에게 버림받는다

산사태로 도로가 막히면
모르는 사이라도 알려 주고
말뿐인 정치꾼 조심하라는
어르신들 말씀
나머지 반쪽인 것을
닦을 수 없는 눈물이 툭 치고 지나간다

아궁이

雲友 조철식

보릿고개에 언 가슴 녹이듯
초가삼간 김 퍼지는 *정지이
매일 오는 아침의 어제처럼
전기레인지 싱크대에 밀리고
얼음장 같은 빚더미를 남긴다

딸그락거리는 시골 아낙네의 풍로에
바스락 붉어지는 한 해의 솔잎
이슬 마른 솔의 향에 잠기어
추수 량과 식구 수 따져 보고
큰 며느리 들일 생각에 멍해진다

시어머니 말씀 둘 곳 없어지고
직장의 며느리는 주방의 사랑을 잃어버린다
골동품 상가에 버려진 풍로를 찾아
넋 나간 아이처럼 떠도는 사람들
아궁이 만들 궁리에 밤잠 설친다

* 정지이: 부엌의 경상도 사투리로 발음을 정지~(이)라고 하며
  끝을 흘린다. 제주도의 부엌이란 사투리로 정지라고 쓴다.

어머니를 불러 본다

雲友 조철식

군살을 멀리하는 열량의 미학으로
수치를 따지는 요리 속에서도
해일처럼 들이치는 회식의 기름에
신체의 반응은 여전히 비호감이다

밥 먹는 틈도 아까워
통장을 보며 출근하는 아침
새 울음이 금고 가는 [*]개선행진곡 같아
포장마차 샌드위치를 한 움큼 뜯는다

집밥을 멀리하는 거리만큼
풍선처럼 몸이 붓고
커지는 잡병들로 입원한 병실에서
두 손으로 통장을 잡고 어머니를 불러 본다

* 개선행진곡(Grand march): 이탈리아 작곡가 베르디의 오페
라 '아이다'의 제2막 2장에 나오는 행진곡으로 거대한 웅장함
을 표현한다.

아이

雲友 조철식

방과 후 민들레 비탈길에서
꽃반지 묶어 주며
보드랍게 칭얼대던 아이는
한집에서 살게 된
나보다 힘센 여자이다

둘만의 어린 시절
아파트 단지 속에 묻히고
양복을 입혀 주며 엄마처럼 잔소리해도
손잡을 때 떨림은
여전히 아이이다

봄의 화단에 만개한 꽃술에는
꽃가루를 나르는 벌 떼가 분주하고
유모차를 몰고 가는 아이는
쌍가락지에 꽃향기 담아
우리의 사랑을 취하게 한다

Ch10

거래의 본질

영혼의 거래

雲友 조철식

언제나 배고픔을 알려주는 일출처럼
도시의 직장도 에너지의 거래장이 되어 간다

대학교졸업장 쌀 1말 5되
석사학위 쌀 1말
산업기사자격증 2개 쌀 1말
운전면허증 쌀 2되
관련직종15년경력 쌀 3말
적성능력평가점수 쌀 5되
모교교수등대외추천 쌀 3되
좋은성격과인상 쌀 3되
*매파 같은 팀장의 자리 쌀 7말 8되를 계약한다
매출과 손실의 급반전도 잡아채며
사원들과 상품의 고급화에 골몰하고
살아있는 권력의 취향도 정탐하며
뒤주에 쌀을 채운다

최종학력확인서 쌀 5되
신체측정검진서 쌀 1말

성향및사회적응도 쌀 3되

관련기능사자격증 쌀 1말

기타노무경력 쌀 5되

공장의 일용직 계약 쌀 3말 2되를 받기로 한다

최소의 시간에 최대의 체력을 공급하며

하루 생존의 승낙서 쌀 배급표를 받는다

화려한 대표에서 임시직까지

기계의 기계 같은 *칩의 인간

회사는 영혼을 제거하는 거래의 수술대이다

* 매파: 상대편과 타협보다 자신의 생각을 강하게 주장하는 경
  향의 사람.
* 칩(chip): 전자공학의 마이크로 칩.

내시원(內侍院)의 곳간

雲友 조철식

곳간 앞에는 욕망의 줄 같은
군현(郡縣)의 등짐이 뱀처럼 혀를 내두르며
끝도 없이 서 있다
*내시원(內侍院)의 *내료(內僚)는 뻣뻣이도
*별사미(別賜米) 같은 장부를 펼치며
출석부에 이름을 적는다

*북계 병마사의 향리는
병사들이 키운 쌀과 메밀가루를 풀어 놓고
*청주목 목사는
직지 쌀과 통통한 대파를 들여놓는다
향소부곡 *외관(外官)의 토호는
촌부(村夫) 같은 말린 황태를 한가득 가져온다

연이어 도착하는 관료의 시종들
뒷짐을 쥐고 눈인사하며
궁성 밖 시장으로 외근 가는 *내료(內僚)는
장마당 물가를 알아보고
관복 입을 자들과 국태민안(國泰民安)의 꿈을

엽전으로 세고 있다

왕실의 뒷마당은 암시장이 되어
세전도 힘든 상인을 울리고
기생집의 장구 소리는
새벽까지 성곽을 탄다

* 별사미(別賜米) : 임금이 특별히 내려 주는 쌀.
* 내시원(內侍院) : 고려 초기 왕이 여러 관청소속의 관료 중에서
  선발한 인원으로 왕명의 초안 작성, 유교 경전의 강의, 왕실
  재정의 관리, 왕 행차의 동행, 왕의 민정 사찰 대리의 임무를
  수행시키기 위해 만들어진 관청으로, 처음에는 세도가의 자제
  출신이 많았고, 이곳에서 근무하는 관료를 내시(內侍) 또는 내
  료(內僚)라고 함. 시간이 흐르며 환관의 기능으로 바뀜.
* 내료(內僚) : 내시(內侍)와 같은 말로서 고려 초기 내시원(內侍
  院)에 소속된 관료를 지칭함.
* 북계 : 지금의 평안도로 고려시대의 국방적 성격의 행정기관.
* 청주목 : 고려시대 행정구역인 8목 중의 하나로 지금의 청주
  지역임.
* 외관(外官) : 고려시대 군현에서 향소부곡에 파견한 관료.

거래의 미학

雲友 조철식

고원 대평야의 긴 햇살이
검푸른 물결에 떠 있는
농부들의 까만 얼굴을 타고
아기 꽃 같은 배추 위를 뛰놀고 있다

고산병이 출몰해도
여름 바람으로 퉁 하듯 달래 가며
마을은 겨울나기 위해
유기농 무농약으로 사지가 고달프다

널따란 평지에서 혼자인 농부
쌀을 다 먹을 듯한 표정은
반나절도 안 돼 고달픈 웃음이 되고
고원의 농부들에게 쌀 품을 청한다

위아래 마을
쌀과 김장 김치 가득한 거래의 미학으로
기름진 아지랑이가
얼어버린 대지에도 피어오른다

셈법

雲友 조철식

철판에 올라가 다소곳한 돼지갈비
은하수에 타고 가는 술병과
상콤한 봄나물이
먼지 묻은 기억을 지우고 있다

술과 돼지갈비 사람 A
공깃밥과 된장찌개 사람 B와 마주 보고
살덩이 술 얌체 같은 사람 C
음료수와 공깃밥과 반찬 사람 D가 마주 본다
한 식탁에서 남이 아닌 경계 사이로
타는 갈비와 술병의 눈금이
아름답게도 시간을 맞추는데
구석에서 눈치 보는 나는
계산하며 먹느라 골이 아프다

술 한 잔
술 한 잔이 비워지고
밥 한술
밥 한술이

김치 깍두기와 어울리며

채움의 셈법 남기고

빈 우주로 사라져 버린다

흥정의 역사

雲友 조철식

눈 속의 들판에서 사냥한 노루
종일 메고 도착한 포구의 장마당
신기한 듯 댕기 머리 아이들이 따라다니고
맛보러 온 사람들이
광대처럼 사또를 흉내 내며 흥정을 건다

정쟁(政爭)처럼 물어대는
살코기의 붉기와 가죽의 모양
낙찰로 가는 말꼬리가 시장을 돌고
술 부르는 순대가
부두의 아쉬움을 모락모락 퍼트린다

동상 걸린 발은 무시하고
말 트는 찔러보기로 알랑대는 사람들
그 잘난 집안의 위신(威信) 내세우며
엮어지는 도둑님 정신
어사가 왔다가도 달라지지 않는다

옥새의 주인

雲友 조철식

주인 잃은 옥새는 도승지만 바라보고
동서남북 정파의 칼날 같은 논쟁
왕궁에 밀려오는 사대(事大)의 어둠처럼
선왕을 동경하는 백성의 여망을
자객의 비수로 갈기갈기 찢고 있다

이슬비가 내리는 도성의 주막에는
탐관에 수심이 가득 찬 백성들
국밥과 막걸리로 하늘을 채우고
무너지는 궁궐 바라보며
새로운 천하의 등극이 조마조마하다

남쪽 사람들은 물러나고
북쪽 세력은 당당히도 무릎 꿇으며
옥새를 왕제(王弟)에게 넘긴다
서쪽 대신들은 이방 같은 박수를 치고
동쪽에선 통곡의 감축 사이 눈물이 흩날린다

결혼의 저울

雲友 조철식

눈 코 입 키 몸매 그림자까지
우리는 첫 시선부터
저울 위에 올려놓고
아닌 척 천천히 훑어보며
시소처럼 오르내린다
신상 정보를 더해 가며
시간과 마음이 열린 후에도
연구원처럼 지겹도록 측정한다

빌라를 저울에 올려보니
그녀의 접시가 내려가며 고개를 돌린다
지방의 국민평형 아파트를 올려 보니
그녀의 접시가 고민에 잠긴 듯 머뭇거린다
3캐럿 다이아몬드를 올려놓으니
그녀의 접시 평균대같이 정지하고
내 사랑을 올리니
피식 웃으며 접시를 내려놓는다

결혼의 저울은

감정이 상해 가는 연인의 분계선
우리의 사랑이 열외 되는 고민이
사방에서 몰려오며
피할 수 없는 생의 관문처럼
순수한 사랑의 결혼을 가로막는다

인간의 진화

雲友 조철식

월말이면 입금하던 관리비
은행의 파격적 무료로
일몰처럼 알아서 빠져나간다
한 달에 한 번 조목조목 살펴보는
생활의 정이 그리울 때도 있지만
자동은 흐르는 물의 법칙인 듯
헌법처럼 거역할 수 없는 관습이 되고
업그레이드로 이어지는 순종의 고리가 된다

차량은 오른쪽 차선으로 가고
버스의 좌석은 앉으면 주인
기차의 좌석은 예매를 한다
살아가는 약속에 스스로 지배받는 사람들
자동의 질서에 취해
제도의 허점을 파고드는
*전세 사기 같은 산사태로
반사회적 관속에 몰려진다

지금도 새로운 약속이 결정되며

189

반도체 인간으로 진화하고 있다

* 전세 사기: 전세는 우리나라의 고유 제도로 전세권 등기나 임
  대차보호법으로 전세금 반환을 보장받는 안정적 제도로 인식
  되고 있어 공인중개사를 믿는 임차인은 제도에 따라 계약을
  하면 문제없다고 계약하는데, 제도적 허점을 교묘히 악용하여
  공인중개사나 악덕 소유자가 시세보다 비싼 전세금 계약 후
  돈 없는 바지사장에게 소유권을 넘겨 집을 팔아도 전세금을
  모두 충당하지 못하는 경우나, 잔금 거래일 당일 집 담보 대출
  로 확정일자를 후 순위로 밀리게 하여 경매 시 전세금을 떼이
  게 하는 조직적 신종 사기 수법.

죽어 가는 마을

雲友 조철식

나그네 보내고 점심 먹는 만석꾼 양반
뒷짐을 지고 대동의 마을 거닐 때면
언제나 소작농 바라보는 표정에
머슴처럼 뒤따르는 고양이와 개
썰렁한 골목에 요란한 먼지를 피운다

수년째 가뭄이 *천수답을 불 지르고
유랑을 떠난 동네마다 검은 꽃이 피어난다
바닥을 드러내는 저수지로
간신히 버텨 가는 만석꾼의 땅에는
굶주린 이방인이 바가지를 두드린다

구두쇠 품삯은 저수지에 버린 듯
마을 청소나 잡일을 시키며
하루의 양식을 나눠 주는 만석꾼
돌담길도 흥얼대는 아기의 울음소리 우렁차고
아이들의 발걸음이 논 개구리처럼 통통거린다

* 천수답: 강이나 지하수 등으로 물을 끌어올 수 없고, 오로지
   빗물에 의해 경작하는 논.

처음 본 관계

雲友 조철식

통조림을 만드는 시급 노동자
뼈 바르는 손놀림이 미용사 같다
하루살이 하루가 지나가는 공장
감원과 임시직을 요구하는 사측 앞에서
노조 대표는 해법의 침묵에 잠긴다

딸 같은 여직원의 어깨를 토닥여도
지위의 성추행이 될 수 있고
부모의 안부도 오지랖 넓게 되는
언제나 처음 본 관계에서
돈의 감정만 노사의 협상에서 튀어 오른다

효와 예 태도의 가치를
유물론은 의미 없는 사념으로 외면하고
투쟁의 신세계도 의식화 권력에 무너지는 노조
계산만 하는 이혼 전 부부처럼
남이 된 주장은 새벽이 와도 멀어만 간다

우주의 고뇌

ⓒ 조철식, 2024

초판 1쇄 발행 2024년 6월 3일

지은이   조철식
펴낸이   이기봉
편집   좋은땅 편집팀
펴낸곳   도서출판 좋은땅
주소   서울특별시 마포구 양화로12길 26 지월드빌딩 (서교동 395-7)
전화   02)374-8616~7
팩스   02)374-8614
이메일   gworldbook@naver.com
홈페이지   www.g-world.co.kr

ISBN   979-11-388-3191-8 (03810)